Inútil corroer o osso da tempestade

Maria Luíza Chacon

cacha
lote

Inútil corroer o osso
da tempestade

Maria Luíza Chacon

ANASYRMA   9

O OLHO   15

LEIDE   19

EFRAIM MEU AMOR   31

ALTIVA COMO A MULHER DE LÓ   45

HERODIAS E SALOMÉ   47

VOVÓ, MEU CU   53

O LUGAR DE UM, O LUGAR DO OUTRO,
                    [O LUGAR DE UM SÓ   63

INÚTIL CORROER O OSSO DA TEMPESTADE   73

TUA MÃO QUANDO TOCA ABRE UM CAMINHO   79

POSFÁCIO
por Guilherme Gontijo Flores   113

Posso manter-me limpo, não infeccionado,
dentro das tripas de um cão?

Osman Lins

ANASYRMA

este morto era perverso de não caber por dentro dele tanta perversidade, os dois olhos miúdos deste perverso homem das pedras das rochas do começo da terra me mandando chupar prego, olhinhos claros insuspeitados pelo tamanho, Chama aquele teu amigo anão com nariz de jeba para deitar aí umas escavações; antes elogiava minha buceta gordota enchendo a mão nela entre apertos e muxoxos, antes quando era um morto perverso em vida e geólogo com as duas bolas de calhau.

e o anão?

primeiro o morto, sim?

mas e o anão?

ele se chama Leonaldo.

nariz-de-jeba-de-mula?

não, Leonaldo, esse é o nome do anão. o que não vem ao caso porque primeiro vem o morto, você, o perverso na vida e na morte, só depois o anão.

mas uma vez você me disse que quando senta no nariz do anão ele vira uma escavadeira hidráulica, só que com doçura.

você enquanto morto foge como um vivo. o anão só depois. o morto, o perverso, o Diamantino. era dele que falava. de você. esse nome bruto. num interior seco, morto em vida por estas terras, areia, urzais, você dizia que eu tinha um pântano entre as pernas, um pântano!, e no entanto já estava morto, que espanto ouvir isso de um morto e estar inundada, encharcada entre os juncos, e habitarmos o mesmo interior, sim, quase-assombro, o mesmo limite da cerca dando de horizonte, as nossas cabeças moscando entre as brechas para dar conta do ocaso enquanto dos lados uns cochichos: é velha e é safada ainda, finjo que não ouço, um hospício e uma rolha no meio das pernas não iam mal, talvez eu não ouça, nos moles engelhados dela não tem tempo para teia de aranha, não tem não senhor e podendo lamba aqui a minha teta, é coroa mas até que é enxuta, árida até onde chegam suas vistas, tenho certeza que já deu pros carneiro porco boi tudo da região, nunca dei para bicho, não, porque o que eu gostaria de dar não tem tamanho para me comer: rato. tenho dois, acho lindos, um cinza e branco com olhinhos de amêndoas, um todo branco com olhinhos vermelhos, ambos de rabão. digno coração mais que muita gente – pudesse dava e ainda paria uma ninhada. ia lamber repetidas vezes ratinho por ratinho. mas num é possível. e como a gente paga também pela falta de criatividade de deus, filhote de pessoa eu nunca quis.

não sei se é de seu interesse saber, mas subo, preciso dizer que subo uns costados de colina, ou então não, que na verdade costuro ao ar marítimo e de escamas de peixes a matéria fina de minha própria pele enquanto subo. não. assim eu deito as pedras sobre a leitura, você cai, ainda mais se ela não te interessa, e eu não sei se te interessa. matéria fina. escamas de peixes. ar marítimo. merda. vamos fazer o seguinte: subo de novo. subo uma colina pelos flancos, pertenço àquela raça de pele salgada e cabeça movediça, subo subo e subo para encontrar o Anão, subo mansa, subo certa, subo cansada porque velha ou porque acendo uns cigarros e é difícil esses jeitos de subir, vai ser difícil esses jeitos de subir até o fim, mas é o que faço ainda assim, preciso que eu e o Anão a gente se encontre e sempre para cima é que se vai quando há tenacidade para encontrá--lo, nas alturas, o Anão está sempre nas alturas, é quando você sobe o máximo das suas pernas, e como eu preciso que eu e o Anão a gente se encontre e forme uma massa esverdeada e fedida que se alguém na rua encontra não chega nem perto e por isso nem deita fora, mas ninguém vai encontrar eu e o Anão caso a gente se encontre, e é certo o encontro, certo porque vou para cima e o Anão diz sempre sempre para cima quando você quiser que eu e você a gente se encontre, e eu quero que eu e ele a gente se encontre porque há muito tenho andado repartida das coisas repartidas, repartida dos repartidos e eu cada vez mais difícil de enxergar o Uno, entrever o Uno que só mesmo formando uma massa esverdeada e fedida. difícil enxergar o Uno e por isso difícil a subida, mas é certo que a gente se encontra, eu e Leonaldo lá em cima, para que a gente recupere essa matéria de caquinha fedida e lama de que somos todos feitos, e que se alguém encontra sai de perto bem rápido para se livrar da responsabilidade de ter visto, meio constrangido por ter visto ou pensado que viu ou sonhado que existe o Um, que ele se despeja em todos os ossos, em todas as brechas. goela de peixe. de rã. de rato. de sapato. de vento. de naco. eu e Leonaldo, a gente tá aqui. agora. e não há quem nos encontre nesta terra de mortos

de não nascidos

nisto que, quando se parte, forma o Um. a gente forma uns catarros, uns bolos de catarro que só vivendo para ver, uns escarros molengos nas bordas, o centro endurecido verdolengo e fica dias e dias sendo isso, eu e o Anão que é tão bom se você senta na cara dele ou com ele para querer de novo a beleza, a primeira que vimos e que já não sabemos por qual nome chamar, os contornos, os breus, é isto o que me dá: um gosto pelos breus das belezas, daí a saia curta de tecido fino sobre a pele flácida potentando buraquinhos nas ancas, faço umas sombras, a cara de carquilha dobrando-se, faço e me sinto bonita, de uma graça de antigo renovo – essa vida é inteira sombra de beleza que vimos, retida que está no segundo de sua aparição. a gente encontra o que imagina ser uns caquinhos e cada um improvisa como pode o seu mosaico. meu corpo um território de batalha bastante acanhado que a subida despoja, vou saindo, quer dizer subindo, sou um terreno desapossado, serei, parece que explodi em algum momento, há uns estilhaços, cada qual atende por um nome, não atende, esgotam-se num esforço, fundem-se com a Fenda que é também uma forma de fazer silêncio. que é deus. silêncio de batalha. de uma subida que não acaba. eu e o Anão a gente se encontra no máximo que é das pernas, nunca da subida. o mosaico de cada é feito como o um pode. a depender dos caquinhos que a gente encontra. não encontro. mas junto os cacos assim mesmo. eu roubo eles. um por um, eu invento eles. inventam. parece que há sujidade em tudo que tenho dito. sabe merdice, porquidão? sou um homem porco. são. outro perverso. e uma velha. Esmeraldina, a rugosa. também a jeba no nariz do anão com verruga do lado e uns respiros gozosos. pertencemos ao mesmo aterro. sempre para cima é para onde ele aponta. e ela, a verruga. a palavra é o nosso estribo comum. há um grito, sabe, um grito no centro de todo verdolengo que é feito de gente, mole nas bordas. e há a missão selvagem de estar à escuta. a misteriosa marcha. levanto a saia e acocoro sobre o nariz de Leonaldo. uns escavados fundos, no fundo do meu nome de pedrinhas. a greta é um pântano subindo pelo gargalo. maismaismais. até que transborde a cabeça de um bicho de olhos escuros. uns ecos. o silêncio da marcha pelas pregas, um crocodilo que escoa e cheira a mofo. taperas. o agora é quando a beleza faz uma sombra aqui em cima e ilumina o decurso inteiro. vou pela sombra, a greta esgarçando, e é de gosma fedida o olho da fera – a gente olha e se dispensa de ter visto a pergunta que não tem esgarçada que responda. o perverso que conhece as pedras que cobrem esta terra está morto e foge como um vivo, não me quer assuntando. deu um nome a mim, de uma pedra oca e que rola, mas sempre para cima. sabia quase nada. não sabia, por exemplo, que eu podia inventar jeito para esmeralda: aquela que não vale nada e que, quando desce, na verdade sobe. nasci antiga, mas é possível que fique moça. que fique outras. lembro o gosto por sentar sobre a boca de todos os homens, de Leonaldo o nariz que quando cutuca faz uma cócega, desce um bicho. pujancinha discreta. as águas claras. escavadeira à revelia e, por isso, doce. o corpo de deus entre as treliças, magro, muito magro. uma mancha amassada. O Um: corredeira entre as brechas. ergo a saia como de costume e vou chegando. um pântano, um pântano é o que você tem entre as pernas, Esmeraldina, e teu gosto pardacento na boca, por que

esta aspereza de seguir subindo? esse desejo de conter o
nada entre os dedos, de me buscar sem descanso? que é
que te deu crer que o teu corpo e o de dentro da carne
deve buscar meu silêncio de batalha? o de dentro desta
cara. teu olho com poliopia, Esmeraldina, o meu também
enxergando várias, zonzeando, abrindo buraco nas coisas
com a perversidade de conhecer o de dentro das pedras.

que se meu olho tem defeitos foi porque tu o fizeste, que
quando busco a ti na subida busco a mim também com
desajeito, que enquanto desembuças tua sagrada face eu
desembuço minha sagrada fera, que teu rosto tua forma
é quando apreendo o desconhecido e ele se preserva inteiriço e implacável e é por isso mesmo ausência, ausência
contígua, essa de perplexidade e ternura, que na mesma
medida em que subo afundo. ausência poço-sem-fundo,
o enorme clangoroso, e eu que busco no corpo as marcas
de sua santa perversidade como quem tenta o caminho de
volta pelas pegadas. Esmeraldina que procura os homens,
que os encontra e deita-os e deita-se sobre a relva, que
se chega a deus e, no entanto, permanece tentada. um
abrir de ossos diferente. um levantar de saia e o espanto
no silêncio desta cara. anasyrma é a palavra. esqualidez é
a que se segue. diamantino-deus, o das pedras do início
da terra embostelado, tonto às tantas e permanecem, no
mesmo aterro, zonzeando os olhos, ambos só que distantes.
nunca, nunca antes.

O OLHO

Teu nome Esclerótica, chego perto toco o teu nome que
também é membrana parte corpo o nome que é Coroide
ou Esclerótica ou imagino as imagens de dentro penso em
qual local estão armazenadas e sei que no olho está teu
cofre ou rio, Esclerótica, Coroide, acima do nariz esse teu
nariz aquilino circuncisões do teu rosto teu olho me olha
sério no horto ou no teu olho sério está também minha
solidão a inaugurante a original a primeira entre as solidões
a progenitora a matriarca a patriarca também mas a matriarca principalmente a de que da água veio o mundo todo
redondo e bom com criaturas terrestres e marinhas que antes
eram terrestres teu olho Horto das Oliveiras tu Esclerótica,
Coroide tu te sendo ao avesso teu olho sério que depois
sorri para mim porque pisca ou lacrimeja ou mostra para
mim o que olhar porque teu olho antes de olho foi ancestral
dedo indicador de Adão e tu Esclerótica, Coroide, Mácula
Lútea apontavas para que eu visse cores as cores adensando
minha visão a minha mão queixosa e sempre disposta a mais
receber do que dar ou a minha mão branca erguida sendo
um pedaço de cor para cima depois dizem que cão só vê em

preto-e-branco Esclerótica, Coroide, minha Mácula Lútea queria ver que nem cão depois ladrar porque vi ou ladrar porque nunca ladrei chego perto de ti teu cofre ou rio ou planta carnívora está mais perto de mim agora mas não sei embora desconfie que haverá o dia entre todos os dias em que recostarei um dos meus dedos sobre o teu olho ou teu horto e tu Esclerótica, Coroide, Mácula Lútea irás fulgurar todas as espécimes florestais evocando primeiro planta carnívora meu dedo no teu olho fecho teu olho mas fecho o teu olho com o meu dedo-cadeado dentro e primeiro teu olho que antes de ser olho foi dedo indicador vai engolir meu dedo e vai doer ou eu vou dormir acidentalmente com o dedo no teu olho que antes era dedo indicador e vou dormir o sono que não permite que eu sinta dor um sono entre tantos outros um sono-hanseníase e teu olho que antes era dedo indicador vai absorver cada um dos meus dedos até que resulte em minha mão e minha mão dará lugar à sua grandiosa fome ficarei sem uma das mãos o ato de escrever será mais árduo e escreverei com a boca porque vi outro dia uma mulher que pintava com a boca ou vou encostar o topo de minha cabeça no teu olho Esclerótica, Coroide, Mácula Lútea para que teu olho me degluta inteira em ritual antropofágico teu olho teu dedo indicador teu olho tu Esclerótica, Coroide, Mácula Lútea estrutura de músculo e líquido irá adquirir de mim as particularidades a minha força trapezista em que inscrevo minhas acrobacias lanço-me aérea e compenetrada para de cócoras chorar e chorar depois no camarim era trapezista e esquecida e tinha segredos segredos que coexistem detrás dos teus olhos no teu cofre aquele que desejo ter nas mãos que mais recebem do que dão que desejo tatear até compreender as formas exatas de um segredo suas depressões planícies e montanhas e teu olho Esclerótica, Coroide, Mácula Lútea, Nervo Óptico vai sair de órbita vai pular para fora passarei lâmina no teu olho como personagem de Buñuel e Dalí para que teu olho cortado e gelatinoso ceda espaço para minha mão inquiridora e preta-e-branca para um cão vou costurar teu olho depois para que ele remende vou deixar um talho no teu olho vou roubar de ti Esclerótica, Coroide, Mácula Lútea, Nervo Óptico, Humor Vítreo o teu cheiro de maresia e teu marulho teu olho oco verá mas não registrará então esquecimento precederá esquecimento teu olho irá se comover mas não chorará vou arrancar teus dutos lacrimais vou te deixar ausente feito um deserto vou tirar de ti as intumescências vou tirar de ti as estruturas delgadas porque Esclerótica, Coroide, Mácula Lútea, Nervo Óptico, Humor Vítreo eu pego nas mãos atiro contra o chão e estilhaço em incontáveis pedaços teu Humor tão fácil de destruir e de refazer em remendo mal feito colhendo os cacos grudando-os com merdas do olho do teu cu ou minha mão mais adepta a receber do que dar pretendia acarinhar teu olho que foi dedo indicador ou osso ou gente mas por fortuito te converteu em deserto Esclerótica, Coroide, Mácula Lútea, Nervo Óptico, Humor Vítreo para que a solidão se insinue primeiro e depois o olho

LEIDE

, salto quinze meia pata, a banana-da-terra forçosa no lado de dentro da bochecha, empurrando a gengiva, passa nos dentes, passo, essa manjuba são coisas, junções, Deus foi dando de acréscimos nuns esticados do tempo e a manjubona lá, resultado e exultante, bico de íbis-preta com tronco de macaxeira, folhas de juá, clareantes, Leide cabeça no troncudo sem engordurado mistério – mais simples não tem, espera o bicho dar um chorinho naquele ponto que se necessário rasteja teso e roça com leveza o sabugo nos dentes. Tiro e queda. Branqueador esse bicho dele. Leide com a manjuba dele passeando pela cara, man-jubona, junções, sabugo e bicho, e o sorriso todo lustroso: quem me vem chega sabendo de uns enroscados na língua, a mãe dizia qué que tem aí nessa tua boca minha filha? uns arame farpado? um espeto na língua descendo pela garganta?, pai eu não tinha, mas a minha mãe tinha um namorado magro de ser joelhudo que o nome dele era Gervásio, e eu quando ia dizer o nome dele dava aquele nó, um nó seco que ia até muito fundo, se fosse o espeto descendo pela garganta eu acho que ele ia até os meus pés, aí aquele nó, geeeer-geeeerrr-geeeeeerr, Gervásio dizia para minha mãe que eu era engraçada, que dava cada trupicão nas palavras que chega piscava demorando para ver se desengasgava, aí ele dizia essa menina tá sempre engasgada e ficava rindo da minha cara, dizendo desentala!, arregalando os olhos duas enormes esterqueiras úmidas, eu parava o nome dele no início mesmo, a minha mãe só dizia que eu não podia desistir de falar as coisas, mas eu não desistia de pensar as coisas, de pensar nelas sem engasgo, então eu pensava muito forte, assim gritando na minha cabeça, que Gervásio era só um bolachudo do cu fino, um bolacha de joelho de disco voador.

Uma vez, depois de ouvir a esterqueira de Gervásio, dei de tomar banho enquanto chorava. Nas novelas da televisão o pessoal fica chorando encostado na parede até que, por sofrer muito, vai deslizando por ela devagar, desliza, desliza, leva as mãos à boca até ficar sentado com a mesma cara de besta. E, como eu sofria bastante, meu corpo foi se colando à parede, o topo de minha cabeça logo abaixo do registro do chuveiro, eu pequeníssima fui deslizando, deslizando e chorando com aquela água caindo e me dando mais vontade de chorar ainda, sentada no chão primeiro com os joelhos dobrados e as rótulas apontadas para cima, depois já desgrudando da parede, envergando meu corpo para frente e sacolejando um pouquinho. Caíam umas águas e quanto mais elas caíam mais eu queria chorar, Gervásio joelho de bolacha e cu de alfinete dizendo lá vem a engasgadinha!, fazendo que ia me pôr de cabeça para baixo segurando pelas canelas e que ia chacoalhar porque aí quem sabe o fruto do engasgo voasse solto pela minha garganta, as meninas da escola imitando meu jeito de piscar entalado, e de repente aquele aperto, um nó de se pegar com o santinho daquela Nossa Senhora Desatadora, de um lado uma pintura da santa desatando um nó de olhos fechados e jeito debochado enquanto dois anjos, um à esquerda e outro à direita, seguram os outros nós da mesma fita branca e longa, mas eu acho que mais curta que o nó que começava dentro da boca e ia até os meus pés, que quando eu ia crescendo ele ia crescendo comigo, inteiriço fazendo aniversário. Tem aquela palavra, tênia, pode ser isso que eu sempre tive, uma solitária, imagina a santa desatando os nós do meu verme, imagina se ela ia fazer essa cara de debochada com olhos fechados enquanto desata o meu verme imenso e molengo por fora mas duro por dentro. Sentada dei de envergar meu corpo mais e mais para frente, a piriquita rente ao chão deu uma cosquinha boa, com as duas mãos abri as abas da minha xereca – lá estava ela, aquela linguinha cor-de-rosa que eu não sabia para que servia, mas que me fez pensar que eu tinha duas bocas: a dentada dos entalos e a banguela mole que se falasse não hesitaria em uma palavra sequer, envergar o corpo para frente até o ponto de deitar de bruços esfregando parecia bom, isso eu não sabia se o pessoal da televisão fazia depois de deslizar pela parede porque depois que o pessoal senta a cena corta para outra pessoa fazendo outra coisa, nisso a voz amerdalhada de Gervásio do outro lado da porta

ei, menina, tá fazendo o que aí dentro esse tempo todo?

Eu não chorava mais, escorregava a boca funda pelo chão para sentir ficar bom, a voz amerdalhada de Gervásio vai sair ou não vai?, ameaçando arrombar a porta, eu nem parava de escorregar nem respondia a ele porque não queria ouvir a voz de cima, queria, sim, viver de uns rastejos, ser eu mesma só que resfolegante, a língua que agora eu descobria para que servia e articulava sua grande voz. Deu um barulho muito forte, ele Gervásio deu um só chute na porta, eu acho que arranjei uma nova forma de falar porque eu não disse nada nem parei de escorregar, escorregar era tão bom, mas tanto, de deixar a pessoa fraca, ele deu mais um estrondo na porta, mais outro e outro amerdalhando, mas eu só parei de escorregar depois que ficou muitíssimo bom a ponto de o meu corpo parar sozinho e com calma enquanto Gervásio dizia que eu era absurda. Falta de surra. Que para lavar essa minha xereca glabra eu gastava a água do mês inteiro.

Deu daí descobrir a língua solta, Gervásio de esterqueira seca dizendo tá criando peitinho, nele mesmo eu nunca encostei a minha xiranha porque imagine só você passar a sua língua num todo amerdalhado, e eu nessa época não era doida de comer merda, ainda mais merda de graça que dá um entalo na gente, e ele já tá fazendo bico aí debaixo da blusinha huuum, dizia isso com cara de caga-bolota, minha mãe não ouvia, não; de mim eu acho que ele pensava que quem ouve mas não tem jeito para responder é mais fácil de prender. E me chamava de tartamuda, eu já tentei muito dizer essa palavra mas fico nervosa e para passar do segundo ta é um sufoco. A xiranha eu roçava no chão, nas quinas de mesa e de sofá, nas cuequinhas molhadas dos meninos, na boca de seu Cleiton que tinha um bigode cheio de eu encostar e parecer pentelhuda, de repente uma mulher já formada e velha com a língua desenrolada sem segredo cá dentro, mas Gervásio nem se ele pedisse para eu cagar na cara dele eu cagava, sobre o caveira achatada nem o meu cagaço.

Seu Cleiton tinha uma padaria no andar de baixo da casa dele e eu ia para lá perto da hora da padaria fechar, ficava encostada no balcão olhando a estufa e seu Cleiton primeiro fazia cara de pena, depois me dava as sobras. Às vezes a banguela mole de baixo salivava mais rápido que a das dentadas de cima, comovida com os restos. Seu Cleiton tinha uma bíblia gorda aberta em cima do centro da sala, eu olhava e olhava, andava em volta espiando umas palavras, Jetro rebanho deserto Egito cananeu leite mel olhar para Deus, engraçado seu Cleiton e as gentes pensarem que dali vai sair alguma coisa com a sutileza das quase imperceptíveis sortes cotidianas, primeiro uma depois outra, insuspeitadas todas, e quantas solitárias no Tartamudo bem fundo, as solitárias do Tartamudo devem colocar só a cabecinha pro aqui de fora, morando dentro das palavras abertas ou fechadas, fechadas ou gordotas escancaradas, o cocuruto do pai, a cabecinha do filho e o rombo do espírito santo, a estufa bem cheia e portentosa, uma comoção com os restos e na minha boca sequer as migalhas, mas o pau grosso de seu Cleiton sim, nem parecia a minhoca dos meninos, cuecas de estrelinhas, cometas pequenos e elásticos folotes, a pica troncuda de seu Cleiton sim, pergunta agora mãe se é um espeto cá dentro, o lá de cima Tartamudo com os seus zumbidos e sobejos, Seu Cleiton segurava minha cabeça, enfiava tudo bem fundo, depois dizia vou esporrar nas suas pernas, não se mexa, bonitinha, e eu ficava paralisada com um inseto desconhecido pousado nas costas. Certo suspense de espera e retirada, depois não me pediu, enfiou e segurou a minha cabeça, enfiou e segurou e meus cabelinhos esvoaçando, Leide lacrimejante, enfiava e segurava e eu ruidosa nos engasgos, enfiou e segurou forte, esporrou ali mesmo, afundado,

é uma gosma quente, bonitinha, e um desenrolar de línguas

estica aqui estica a língua e sobe ela até encostar no nariz

Houvesse um reino seu Cleiton seria encarregado de desenrolar o tapete para rei rainha e suas três filhas, mãe é

de sangue o espeto se tu o repensas, coaguloso, depois ele,
o de preparar as passagens,

diz teu pau enrodilhado no meu cuzinho espantado

na minha xiranha o teu pau apertado já se espanta com
a boca mais de baixo,

seu Cleiton com bigode flutuante, ria com a carona
vermelha, ria de chorar,

O espeto se tu o repensas é de sangue nodoso, maté-
riaviva calcários borbotões, seu Cleiton me via tão menina,
enterneceu-se disse furico,

abre aí o furico se nos teus adentros o buraco é
matériapalavra

com bigode furico ia ficando uma palavra engraçada, o
Tartamudo com bigode de crina de cavalo lustroso e ffffu-
-fuuuu-fuu-fu, emperrado na boca um cu pentelhudo nos
arredores, havia um desdobrar-me inteira, excrescências,
um descobrir de bocas, talvez a de baixo tivesse se elevado
na altura da outra, arregacei o furico, e então eu pensei que
queria levar seu Cleiton na minha casa, engolir aquele bro-
nhona dele para depois dizer umas verdades a Gervásio feito
um carro veloz em pista lisa, diria tantas que quem sabe pre-
cisasse mais porra para dizer tudo, seu Cleiton uuuuuuuuuu,
eu com as mãos arreganhando imaginando a cara dele e, na
minha cara, Tartamudo é o lá de cima, ouviu, Tartamudo,
Tardíloquo, o Balbo, Enormemente Acanhado, Gasguento
de Olhos Fechados, Tatibitate Enojado, Tartamelo Escondido de Quatro, nojeiras e balbucios, matériasilêncio des-
pencando dos buracos, espia o buraco aqui o de baixo, espia
se é matériapalavra neste pedaço de bosta encarnada.

que vês?

Então era depois da porra quente que me dava um
falatório desentropeçado, devia ser porra jorrando da cara

despombalecida daquela Senhora Desatadora, porra jorrando é que fui nessa vida de muito bulir e bater bolo, de ganhar um nome nunca a ponto de esquecer o outro, sempre escutando o outro, fazendo um bulir de letras, misturas acréscimos, atendendo na verdade por outro, de bulir num cu fazendo a investigativa, é uma pedra preciosa benzinho, deixa ver aqui no fundo uma painita uma família inteira de ita bem espremida, e esmigalhava os meteoros todos, vixi e é gaga? eu taco-lhe é bronha até falar direito, uns cheios, mas do Tartamudo sequer as migalhas, um acanhar-se, fechar de pernas afastado e afastando-se, escancarei a bíblia no corredorzinho da casa, mostrava que podia procurar algo bem debaixo do meu nariz – e não encontrar –, as outras observavam desatentas, até que um dia me veio um policial e atentaram-se todas espichando os ouvidos e os rabos, cadelonas, ele soube de mim aquela magriça ali que não fala direito, testudinha porrada, isso antes da tanzanita poudreteita alexandrita painita do abstruso peludo, mal eu falava e a piroca mediana do Policial içava a cabeça de bebê espertinho ao equilibrar o peso da própria moleira no pescoço, depois nuns regulares dizia ôôô Maria Boooaa, Leide está?, mesmo que soubesse da impossibilidade de uma resposta negativa, um dia disse para mim

tu conhece gás Hélio?

qq-quié?

é um gás que assim que você bota para dentro faz falar fino.

Agora desentalar não desentalava. Não tinha gás no mundo que fizesse a vez de um cacete. Parece que Policial Peixoto era bom em resolver furdunço de rua, em marcar incertas por tudo que era buraco com barraco, chão de barro e casa desrebocada, dava cascudo em menino projeto de vagabundo que jogava bola na rua quando devia estar dentro de casa e tiro na cara de elemento maconheiro safado, até dentro da casa do elemento mesmo, que por aqui foi por uma boca só a vez que ele entrou na casa dum rapaz de 16, deu-lhe dois tiros no meio da cara e meia-volta.

Nas primeiras mal chegava e levantava a minha saia, afastava minha calcinha pro lado, descia as calças, a britadeira subindo, e dizia hoje eu vim para meter bala, e britava quase se enfiando com as bolas e com tudo, me mandava falar umas coisas com balas e buracos tipo vai mete bem muita bala no meio da minha cara, às vezes eu achava que aquele homem ia num só golpe se esconder inteiro na minha buceta, morar lá dentro sacolejando quem sabe a resolver as rusgas de duas ou três cicatrizes de aborto. Acho que ele me mandava falar porque tinha um jeito de se levantar pro meu espeto que começava na língua e ia descendo pela garganta, e ele queria que eu visse, queria tanto que eu visse esse jeito de se levantar que passou a chegar só para me mandar falar, trazia recortes com reportagens sobre bandidos mortos em confronto com polícia, e quando ia me dando os nós, repetir várias para finalmente progredir para repetir, ele emitia uns sons, coaxado só que mais espraiado, no início eu até disse que eu podia cantar as notícias ao invés de dizê-las, porque aí eu não empaco nada e é ótimo, me passou também pela cabeça falar que primeiro a porra e depois as mortes num só embalo, ele disse quero desse jeito quisesse de outro eu tinha dito tá pensando o quê?, sentado com as palmas das mãos sobre as coxas. Numas peidava risonho, peidava e coaxava espaçoso e esparrinhava assim mesmo, sem encostar um dedo sequer.

Policial Peixoto deu de começar a insistir no buraco do rebuçado, aí entra uma família de ita, um dois dedos logo atrás, o cabo da 38 e depois a boca da própria – o homem foi alargando nas ambições até ser tragado pelo cano numa esparrinhação só. É que gostava muito do assunto matar e morrer, de um jeito que eu nunca vi. Matar e morrer com a barraca tesa, agora imagina o homem chegando nesse estado para ter com o Tartamudo lá em cima, morrer de uma só vez é o precipício de qualquer pinto (mas se é para despenhar numa hora ou noutra, que seja esporrando, eu acrescento durante um descanso do meu verme). O policial começou espirrando porra ao ouvir falar pausada e repetidamente em morte, depois tava assim querendo brincar de roleta-russa no oritimbó e de passar cheque na cara do perigo. A brincadeira durou até a colocação da quarta bala e era eu que disparava toda santa vez, na última delas eu pensei que cagar na cara de Gervásio eu não cagava, mas voltando no tempo dessa brincadeira eu brincava. Nuns disparos também é que anda o espeto, o verme emplastado dá descanso quando vem a porra na descida da garganta, a porra que no dia pode ser a primeira a terceira a oitava, mas é que inauguro um estar de alívios assim mesmo, porque é preciso dar ao corpo em matéria de esquecimento quando se é matériasilêncio dessa que esvazia a bocarra do Tartamudo ao menor sinal de tédio, ferrugem e espasmo, escarra cospe, a esse modelo é que cai sobre nós um rosto, menina descobri as águas na banguela de baixo com seus desentalos, pudesse falar por ela eu falava, nunca hesitante, pudesse respirar por ela eu respirava, catava as migalhas, escarra cospe o lá de cima escondido de quatro, Tatibitate enojado, os golpes de cuspe fazendo a nossa cara, tanto desastre desgraça uns arame farpado rombo no bolso doença espalhada e a gente que não pode, não consegue cuspir de volta.

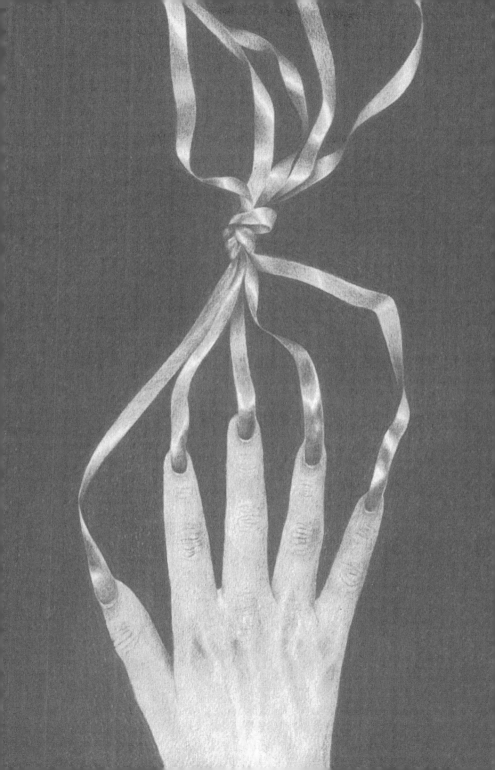

EFRAIM MEU AMOR

Afio as uinhas dentro da barriga de mamãe, sem coragem, sem pirraça em quando eu era minúsculo. A cartilagem fininha depois a casca grossa do elefante, primeiro coçam e então crescem, sempre foi assim. Como casquinha de ferida. As minhas unhas são as coisas cicatrizando. Mamãe explodia elas em vários pedaços que caíam no chão enredando sua teia que o cachorro ia lá e comia, ele se lambia todo, eu gargalhava, mamãe virava o beicinho um pouco cansada de como as minhas unhas cresciam caudalosamente. O fio dos fatos que me guiariam pelo labirinto – minha perdição. Ao passo em que. Tinha onze anos e brincava com uns meninos de estalar as juntas e revirar as pálpebras, a carne esbranquiçada dos olhos, a repulsa na cara das meninas, o menino número um aproveitava e peidava, ao que o menino número dois dizia Eu odeio cheirar peido dos outros, e peidava com o sovaco, com a mão em formato de concha no sovaco, depois tapava o nariz, espremia os olhos, gargalhava, balançava a cabeça, e então peidava de verdade, um sonoro peido que caso encostasse um pente a boca do buraco assoviava. O menino número um além de ser peidorreiro chupava confeito fazendo um barulho que eu não sabia se era ou não proposital, e um dia enquanto chupava confeito e fazia seus barulhos ao passo em que tentava acertar a minha mão sobre a mesa com uma régua, mas a minha mão era ágil e tinha unhas curtas e limpas que cresciam sem espanto para o menino número um, eu afastava a mão seguidas vezes e ríamos porque a agilidade era boa, a brutalidade cada vez mais empenhada nos movimentos do menino número um também era boa, os estalos secos, o tédio insidioso se dissipando naquela sala, o Professor encanecido apontando lá da frente e ordenando Meninos parem já com isso, o menino número um por muito pouco não me acertava e era o acerto que eu não podia parar de aguardar, o Professor derrubando de seu frontispício um ferro pesado Eu não vou pedir de novo, rapazes, e com isso estreava sua ameaça aos olhos de todos, outro estalo seco, o Professor avançando em nossa direção, a mão do menino número um ainda mais apressada em me acertar em cheio, a boca dele eu me lembro que fazia a mesma zoada, repetidas vezes, de quem chupa, o Professor possesso pelo intento de tirar a régua transparente da mão do menino número um, eu imagino que todo o mundo em volta olhava para ver no que aquilo ia dar, imagino porque eu não olhei em volta, para ver para onde eles olhavam, eu não queria ser pego e não olhar era um jeito de não ser pego, por isso quando menor eu me escondia das pessoas fechando os olhos com força, o Professor com o braço esticado, a régua do menino número um finalmente acertando, a régua nos dedos do Professor, as unhas compridas quadradas e limpas do Professor, exceto uma que dávamos a nascer: partida e torta, o Professor boquiaberto, eu e o menino número um nos entreolhando, o Professor sem sua garrinha e com a cara desdourada, umas rachaduras na testa mais fundas que nunca, as bochechas pegando fogo naquela sala horrível, o professor incendiado e antes fosse o tédio materializado naquela sala, mas o que se formava ali era muito pior, foi aí que o professor deu um urro, a garrinha sem remendo voada por qualquer canto, urrou e não só nos repreendeu como disse a palavra que ainda hoje ressoa no centro da minha cabeça: mentecapto. Começaram a despencar águas de seus olhos, e ele também mentecapto dizia É por essa e outras que um menino como você não tem mãe, menino número um!, ele repetia que mentecapto era por isso que um menino como o número um não tinha mãe e que nós não teríamos recreio mentecapto nem naquele dia nem naquela semana nem muito menos naquele mês mentecapto. O menino número um inamovível fazia ouvir, eu paralisado mas empertigando o pescoço girafudo a fim de saber o mentecapto porquê de tudo aquilo, a minha mãe fala dessa empertigada: que com ela vem de brinde mentecapto uma cara de presidente olhando tudo, medindo, discriminando, então eu disse assim mentecapto mesmo Professor nos perdoe, enquanto sentia que os meninos e as meninas em volta nos olhavam fixamente não sei se na expectativa de um rápido desfecho porque desfechasse logo e de novo o tédio pesaria sobre os ombros de todos o peso de seu sono, a testa enrugada de tartaruga do Professor, os dois olhos assombrados dele derramados sobre a unha, eu que disse Professor não me leve a mal mas tudo isso o senhor faz por causa de uma unha? e foi então que o Professor fez um barulho como se mentecapto estivesse à beira de vomitar, o Professor ali tinha uma cara de bebê espremido não se sabe se para cagar ou se para chorar, saiu dele mentecapto que nós não sabíamos quantos e quais cuidados estão nas unhas crescidas e nelas silenciosamente refletidas! Eu não sabia, mas algo meu quis saber, não só saber, porque veio daí a determinação de arranhar um caminho: eu nunca mais cortaria ou permitiria que cortassem as minhas unhas. As minhas unhas são as coisas cicatrizando. Tudo começou de um desses dois modos, a memória rompida em alguns de seus fios que peneiram e separam a polpa dos bagaços não me permite saber ao certo. Mentecapto.

*****

Muitas coisas são difíceis quando se tem unhas imensas. Eu precisei adequar as minhas manias. Jamais corto as unhas, o que faço é afiá-las: aplico-lhes a serra levemente, aparo as pontas para que cresçam inabaláveis. Caminho de um lado a outro do corredor, esfrego as minhas unhas nas paredes, coceira matinal, cato pequenas pedras de cores e formatos variados, às vezes cristais, gosto de guardar as pedras entre os dedos e as unhas, especialmente as mais côncavas assim, de testar os encaixes, de me montar e desmontar. Às vezes fico cinco dias com uma pedra, embora já tenha ficado vinte e três. Tenho agora estas: uma branquinha aerada no indicador da mão esquerda, outra terracota quase um trapézio no anular da mão direita. Eu poderia ter deixado as minhas unhas crescerem só pelas pedras. Gosto de catá-las. Montar, desmontar. Depois, guardá-las nos bolsos folgados das calças, batendo entre si e provocando um ruído que escuto enquanto ando – é, aliás, o que estou fazendo. Ando. Escuto os rumores das pedras como um tilintar de ossos, desato as pernas nas ruas e um vento anuncia que é sutil tudo o que advém, ainda que chumbo, mesmo que às grossas pauladas. Ando por sobre a relva, escuto as pedras, as aves nas árvores entrecortando eu sobrevoo, ando até desembocar no rio do fogo-fátuo de outrora, é já noite e entro no rio, mergulho de olhos abertos, uma visão turva era que amanhecia, cascalhos, areia, pequenos dejetos, um fundo íngreme de água doce. Era você ali, fazendo que ia acertar os ponteiros. A verdade é que parece que me aproximei da pedra de ágata, do centro do vórtice, do pequeno cataclismo, o peso de seu corpo que não calculo e de bordejo amarelo, areia fina, o pé flutuando sobre o chão, a boca da fera por cima para escancarar o escuro, a noite crescia à medida que o amanhecer se aproximava, expandia numas claridades, contingência carne de sobejo, era você ali parecendo que ia, entretendo-se de mistérios, abrindo mais a boca e a noite, o seu corpo se chocando contra o meu, duas águas e uma mesma: nossa nascente de um vórtice, nosso ponto de origem, o dia difícil, a noite crescendo, uns amores antigos de esguelha, ninho de rato e ninharia nos por dentros. Retenho a pedra de ágata na mão: é um truque. Sua pele ficando podre, o aquário com a água viciada que eu deito sobre o chão, os peixes esturricados. Quem é que fala parecendo que sou eu, à marcha macia? Com que cara o morto? Com que pata a fera? De que água rala o sal? De qual matéria primeva os dias? De qual frasco o tempero? De um salto saio da água. É o seu rosto no fundo da pedra de ágata. Efraim meu amor.

*****

Efraim meu amor, foguete de meu sangue, as omoplatas cintilantes. É dia. Efraim dizia Você pode lanhar a carne, e sorria afiador de minhas unhas. Eu entendia que era um meio de te proteger, eu, que não bastasse as garras imensas, tenho a cara o tempo inteiro de quem procura mas não acha, a ver naufrágios sem parar cujas embarcações são destroços. Efraim meu amor, teus licores e venenos, teu olhar de quem culminou aqui neste ponto exato, entre os meus pelos e as minhas coxas, na articulação dos ossos, afiador e amaciante, na boca enrodilhando as minhas feridas com teus unguentos. Culminamos? Afundo os dedos na areia, cavo para achar a tua casa, um fiapo de palavra que seja você e que seja eu, a tua palavra, a palavra entre você e você que é também uma espécie de senha para que se abra a segunda pele, dizer algo em nome de algo. Faz tempos que não posso dizer em nome de nada. As minhas unhas longas e emporcalhadas são meu jeito de te dizer – não importa, desde que eu encontre os arquipélagos por sobre onde você se ergue, você Efraim barriga de mãe, minha primeira casa de ter onde desmanchar. Ao longe, os ruídos de cabelos orelhas narizes e unhas crescendo, o cacarejo de deus que não sabemos ao certo onde.

*****

Eu sonhei com você e Martina, a bucetuda. Você lambia os gelatinosos dela, xibiu e cu, os moles dela formavam um bauru fornido, a alface o bacon o ovo meio escorregados pelas bordas. Eu entrava em ação com as unhas que você lambia uma por uma retirando as sujeiras de por debaixo, você sugava os pequenos pedaços de sujeiras para cagá-los depois bem longe dali, do centro daquela sala. Chovia e escutávamos a água caindo por dentro das paredes, tudo parecia infiltrar-se. Mas perto da xiranha eu não chegava nem em sonho. Você lambia tudo, afundava os dedos no salgado de lanchonete meio desarranjado, voltava o molho, enfiava os dedos com tamanha violência que voltava sangue, você chupava o molho esparramado entre os dedos, a gente ficava todo envolto de baba – o bauru cada vez mais se desintegrando, as pernas de Martina bem afastadas, o pão repartido um pedaço para cada lado até que você ia e voltava nas minhas unhas, ia sempre um pouco mais, primeiro o palato duro, depois eu roçava nos moles da sua garganta, eu pensava que queria roçar também no duro que era a caixa do seu crânio, a sua casa de máquinas que também poderia ser a caverna, a caverna cuja entrada esteve lacrada por tantos séculos que agora eu inaugurava, digo: agora daqui pode se aproximar a deterioração até que o sumiço completo, então eu começava a arranhar as paredes do seu crânio, meus traços iam formando regaços de mulheres bichos de múltiplas patas vomitando bichos atacando bichos fugindo de ataques bichos com os chifres travados nos dos outros tantos bichos vomitando o líquido morno, você mamava litros e mais litros do colostro fazendo um chiadinho e você ficava pequenino do tamanho de uma lesma, grudado nas minhas garras, era aí que Martina vinha com os dedos em formato de pinça, Martina retirava a lesma, Martina deitava a lesma em outra parte do chão que já não era o centro da sala, Martina levantava a saia até o pescoço, dizia Agora eu vou chocar o ovo, agora eu vou incubar os contornos da tua face secreta, agora eu vou dar de nascer a tua cara que se mostra, a tua máscara para que ninguém tenha de olhar a tua cara como é, por baixo, a profanação gritante. No centro da sala, um novilho balia impronunciáveis, nomes de futuros santos, voltas à cena do crime, você percorrendo de novo a coincidência de estar no mesmo sítio que eu.

*****

Você me falava do frio nos baixos da barriga quando se desce uma ladeira imensa, você dizia que as crianças sentem muito isso, especialmente quando se desce veloz, E sabe, vai passando quando vamos crescendo, eu hoje não sinto nada, eu respondi que Ainda sinto um pouco, mas nada comparado a antes, na realidade é um frio bem de longe, timidinho, talvez eu ainda não seja tão velho ou pelo menos não tão velho quanto você. Ao que parece, quando paramos de sentir é que passamos a ser a pessoa que oferece isso às outras – algum pequeno desavisado, aquele que resguarda uma expressão brilhosa de espanto ao sentir o peso da pedra de ágata no ventre.

*****

Efraim, não sei o que posso dizer e o que posso escutar, as coisas cicatrizando dizem que de todo modo continuam e se envelhece igual, com o nariz e as orelhas crescendo à toda grudados bem no meio da nossa cara, os pentelhos saindo do nariz, os pentelhos despontando das orelhas como se de jarros. Então sento diante das palavras, pernas cruzadas, com preguiça ou com medo, sem guardar segredos, sem sumir debaixo da capa, mas as unhas, eu deveria falar das unhas, foi o que te prometi e no entanto não falo, ergo o muro, ergo a capa até a altura do nariz, só os olhos a mostra digo se você me quiser que me pegue, sorrio faço pequenos estalos com os cantos da boca como quem diz meu truque, meu jeito de te chamar, as pompas do fundinho da cisterna se revirando, quis dizer: punhal, o brilho da lâmina, o esquentar dos ossos, nisso estava minha palavra. Você lembra daquele sonho? Eu lembro a tua mão no meu ombro esquerdo dizendo Eu vi, eu gelado no caixão, as unhas voltas e mais voltas até os pés, as unhas volteando golpes de não caber no esquife e crescendo assim mesmo durante o velório, o padre sob ameaça silenciosa acelerando a fala dizendo Deus é que pode é que cure, Ele não escolhe os já capacitados, Ele capacita os escolhidos, perfuma com mirra entre cada uma das três banhas azedas da barriga da criatura, no porco é elementar que primeiro amaciem a carne e perfumar torna macios os odores, que é pela misericórdia de Deus e não pelo merecimento de cada um. Você ficava olhando pensando o que seria depois que me enterrassem, se as unhas continuariam crescendo e romperiam o solo dando a ver uma planta de pura cartilagem medo desacato, por quais vias, por quais caminhos as unhas chegariam até você, até a sua casa, desrespeitando tudo para ser, do outro lado da porta, a paineira debaixo da qual você se deita. Antes disso meu enterro às pressas, velhas carpideiras chorando por entre as rugas, as rugas engolindo as lágrimas, as unhas crescendo crescendo estendendo o tapete de um caminho, você me disse e eu não pude escutar: Como se a morte não fosse uma resposta de viés, jeito ancestral de fazer as coisas cicatrizarem, a capa esquecida em um lugar que não se sabe qual já nem cobre nem revela, é invisível. Mas as unhas são o corte, a ferida vida e morte inteiras, magma e detonação

ali

no ponto exato da curva

na curva exata que tem a falha

e que aciona uma perigosa engrenagem

para a contingência não há breque:

a palavra eu corto com o brilho da lâmina.

*****

Era você a derrocada do meu sangue, o crescimento lento de uma distância até então insuspeitada. Caíamos em comum: o sono por mais horas por dia do que o que levaríamos para nos sentir descansados se separados, sei disso agora, com os truques lá fora em voltas de vento e varais ao sol. Porque era no silêncio do sono a nossa matemática. Dormíamos enquanto encostávamos qualquer parte do corpo um no outro. O salto entre quando eu te conheci e quando te deixei carcomia por dentro do ronco à sua espera, algo com aritmética, sua cartografia mais esquecida posta a luz e fogo. Quanto mais vezes esperávamos para que finalmente nos encontrássemos, mais descíamos em direção ao corte rápido e definitivo, e ao longo dessa descida sem que fizéssemos conta praticávamos toda a sorte de operações possíveis entre dois números. A verdade é que isso foi o que ninguém soube dizer, o que não pudemos atravessar com as mãos vigorosas, e ao que ambos respondemos sem demora com uma devoção duplicada para nos distrair de que iríamos embora. Digo agora, decantadas as coisas e os assuntos de unhas, e porque se estou vivo é pelo desejo de atravessar – e seguir atravessando. Vou então dizendo, com a força dos cabelos e das unhas que crescem.

*****

Empunho a voz para abrir ao meio a potência mais escondida, um subir de pés, meu rito mais secreto, entoo meu canto como se muito antes nos meus lentos imprimisse a vossa cara, desejo e transloucância, teus ares de medo, cinco crianças surdas me olham, teus ares de quem vira a esquina por coincidência, de quem toma um taxi e não vê no contrafluxo a destreza de estar inteiro, o carro corre pelos cantos da cidade, as crianças me escutam com o que veem, o que veem é a minha voz se dissolvendo na sua cara, as ranhuras dos sigilos, a greta por onde a luz escapa toma forma de cara, redondez de cara, estufa o teu passo, eriça o teu de dentro, dispersa a forma de medo, traceja os vigores de sombra. Efraim, o entendimento pode ser que seja da palavra o seu revés, quase o que tudo por aqui existe eu penso que posso cobrir com as unhas: a distância entre o peito do seu pé e o número de vezes em que é necessário ir embora para saber esvaziar, permitir melhor a corrida do sangue pelo corpo, uma noite mais escura, a cratera do vulcão, o intervalo entre a larva e o silêncio, as solas dos seus sapatos se desfazendo em plena via pública.

*****

Martina me deu uma cara de se olhar, é o que você diz, os contornos do nome Efraim não para dizer mas para chamar, para contornar com a voz e fazer evaporar o de dentro, éter e altivez, ela mastigou o meu nome e deu de comer na boca de outros, assim feito um pássaro faz bico por bico de seus filhotes. Invento outra ordem para nascer, estar aqui, formar o encontro de duas marés, ali o ponto onde se juntam que é também o obstáculo, e que é também um dos nossos inúmeros pontos de origem, invento outra forma de presença, uma que se faz indo embora como quem se aproximasse, um curupira envolto de ares, os meus calca-nhares voltados para frente, as pegadas confundindo o que nos homens é cabeça e coração, sombra e desvio, matéria de sonho, é o que ninguém sabe se vai ou se fica, se de repente circunda, mas que os olhos tocam na quentura da noite, bem abertos em sirenes alarmes campanas, ali onde se faz das duas marés a nossa desembocadura. Martina a grande chocadeira, a que há de colocar no mundo e também de colocar na morte, Martina a que diz hum digamos que sim, que de um todo eu me aproximasse, ou que puxasse o lençol para revelar o que tem por baixo, que desse de descobrir mais pelo ato que pela palavra, se bem que uma palavra descobre-se às vezes nos intervalos, quando se levanta a pele, antes de chegar no osso ou quando se levanta a unha, antes de chegar na pele, pois bem suponhamos tudo isso e suponhamos também uma palavra que não pode ser descoberta, que fica lá encalacrada, o suorzinho descendo no dorso, nesse caso cai bem uma farsa, apesar que farsa não é, ilusão também não, às vezes é só a precisão de viver outras coisas mesmo, fingir que um belo dia não se morre, que não se extingue por completo o corpo, porque é tão pouco a alma, por onde é que se apoia nela?, por onde é que ela grita? por qual buraco?, e o visgo? em qual traço? o que é pouco tem sua exuberância, o que é ilimitado às vezes não cabe num palitar de dentes, quero aqui quero agora, este nome ou outro, a sutileza do que é óbvio, do que ralo, manco, se quer eterno,

é o que diz Martina,

a santa frívola,

a monja do rés do chão.

*****

Martina tira o leite das pedras, do movimento de suas mãos jorram fagulhas em tudo que é precário, envelhecida de repente, uns lodos nas dobras, uns esverdeados escorregadios por dentro dos olhos – resultado dessa umidade sua sempre presente no lado de dentro. É por onde escorrego. Noutra hora, um feixe de luz incide sobre ela, que passa na rua, e provoca um reflexo que corre o quarto com a velocidade de um relâmpago, e é quando sei: ela está atravessando a cidade. Concentricamente. Martina coincide com a forma como Efraim a sonha, uma fulguração. Eu coincido com os caminhos que as unhas fazem, curvas imprevisíveis, recurvas como os chifres das cabras. Efraim não coincide com nada, cada dia de ausência sua se parece com algo que eu nunca vi. E é possível que goste de dançar.

ALTIVA COMO A MULHER DE LÓ

Tropeço nos saltos, meço palavras nos sulcos, improviso um laço branco de cetim no cabelo, de repente lembro que tenho medo de entalhar em metal. Às cinco horas, sucinta, desato nós por acaso, estremeço em rituais autossuficientes, retenho marinheiros em minha casa como águas salgadas dentro das minhas unhas, bebo com eles, simulo, simulamos, brigas na noite escura, choro a morte do meu avô, cato lixo para evitar desperdícios, encontro uma réplica de Bosch, penso em emoldurá-la e penso que a pintura é feita de silêncio primeiro. Fico desabitada como que propositalmente sem nexo, teço palavrões incomunicáveis, testo timbres para ensaiar um desespero, uma possível eventualidade. Os marinheiros vêm alguns dias, não conto nada aos vizinhos, não conto nada a ninguém. Há dias em que não virão e adormecerei retinta como beleza recém-abandonada. De repente me vem um medo de ser esquecida. Mas aí me recordam qualquer coisa que deixei por fazer, repleta de despercepções. Choro um choro seco e desavisado. Encontro um papel no bolso com a seguinte frase: "peso um cisco de olho". Marinheiros são seres marinhos e revisitam. De repente eles existem para que eu exista analfabeta. E imanente, tal é o processo mais difícil: analfabetizar-se. A verdade é que fui terrivelmente maculada. E ser carregado de sedes não permite conversas sobre poemas. Qualquer hora anoitece e permaneço perversa, altiva como a mulher de Ló recém--transformada, transmutada por pecado, improvável por desobediência. Salina explicitarei enigmas: arrecadando opacidades para me redimir, conchas pedras ostras tatuís carcaças de peixes. De preferência peixes com espinhos. Certa vez um marinheiro me disse que, sendo nau, peixes espinhosos servem para rosas. Deve ser da mesma forma que a mulher de Ló serviria, para mim, de patrimônio histórico.

HERODIAS E SALOMÉ

Herodias me dá instruções, o meu corpo continuidade do corpo dela dança e inaugura a liberdade de tracejar no ar e no chão sem deixar marcas, vou sem retorno, tornando os olhos dos homens dois mundos siameses, convivas dentro dos convivas são cada vez mais numerosos, querem gritar, sei por que o silêncio me fere e inflama, retumbante fui feita, fácil adivinhar feito soubesse, e li em um livro perdido que uma das acepções para sabedoria é reconhecimento entre iguais; tenho condições de uns urros para descobrir na voz um equilíbrio que o corpo imita, trejeitos de pedra lançada pelas mãos de uma mulher muito antiga e culpada, Madalena.

É feito um animal ferido que danço. Insinuo-me ligeira, tento impedir que memorizem as minhas execuções, minto a inconstância, tenho astúcias de repetir-me. Codifico é nos meus gestos. Danço feito quem desata os nós e desfaz a renda, danço em oferta ao desvio do que existe pronto no mundo. Olham-me e sentem medo de meus demônios, os convivas se entreolham, eu parasse de dançar e entende-riam que meus demônios se manifestam por amenidades, quando a dança é ainda um desejo pousado, com o coração quebrantado, sobre os meus pés que levitam. Dissesse isso e dançaria sobre águas, sobretudo por ser esse meu modo de caminhar. Minha dança é fluida, escapole aos olhos de todos. Pendo para trás cadenciada por abissos, um convite para queda. Trata-se de um nascimento, e nasço aberta, leporina. Renovo-me porque urdo com passos o meu contato com o mundo sem reincidentes. Embaralho as letras de meu nome – não sou para os convivas a enteada de Herodes, sou um corpo que aprendeu a sustentar a si mesmo. Brusca, arrebento no de costas pensando na língua de minha mãe, o calor dela dissolvendo os ossos de Herodes: também a língua dela dança e trança no ar as armadilhas que deseja. É mimetizando a língua que danço os maiores dos enganos. E que rasgo a contemplação tranquila de todos os homens.

Assemelho-me a um bicho passeando a sua liberdade: bipedismo não me sustenta, era preciso mais força ou menos delicadeza para soerguer o corpo sem parecer obscena, sou delicadíssima de atômica, sicária em tempo integral, um perigo imoto, escuto que falo mansa, competência para anúncio mudo de ataque, o vocábulo teso embalado por concreto, minha vileza se insinuando entre duas palavras e é por um átimo que engulo as surpresas – primeiro as coisas e depois os seus nomes, sim. Mora aí o meu tropeço. Indícios de acridez se dão em países secretos como quando uma dor ocupa duas paralelas de meu corpo, pergunto e entorno perguntas em afirmações, não tem graça a minha curiosidade, tem inquietude em Tábua de Corrone, etrusca, pergunto se era possível dizer a coisa sem pronunciar o seu nome. Como dizer a coisa sem tropeçar em seu nome, esse entremeio que tudo apoia. O nome é o passo de dança que me lança para onde. E se eu desse nome às coisas conforme eu as visse, aquilo que eu não visse jamais teria um nome ou eu articularia também as sílabas num inesperado.

Aprendo a dizer João Batista e não faço conta, sou escura e o meu candeeiro está rente ao chão, creio que repeti João Batista como quando é a primeira vez em que se diz palavra após já ter dito muitas outras e não se vê aí a descoberta, o nascimento, às vezes somam-se tanto os acréscimos que sequer percebemos quando algo nos é tirado. É assim o que eu quero — não saber o nome de coisas que eu não sei para que servem, porque faço uso abusivo de deixar despojos nas palavras, de largar monturo nelas, e falo sanha porque sob ameaça, o candeeiro deveria estar no alto, eu sei mas sou muito discursiva para tomar as decisivas, discurso até quando danço e discurso porque ardo, convido os convivas para encostarem os olhos na minha imensa ferida, para verem por dentro do rombo um funcionamento insuspeitado, para lambê-la abrindo espaços nela: se sou privada da quietude e se constantemente faço noite, que eu celebre a sedução silenciosa de meu corpo extraviado.

Herodias-mulher-mãe e teus avelórios em enganações, senta diante da máquina e escreve esquecida do tempo feito pousasse os dedos nas teclas de um piano, foi a falta de talento para música que a guiou rumos de invenções, enredar histórias da mentira um tabernáculo, pegar palavras para Cristo, bem esta: TABERNÁCULO, porque é bom de ter uma palavra para morar nela, a porta de saída a mesma que a porta de entrada, uma de antiguíssima santidade pedregosa, Herodias-mãe como alcançar a santidade do corpo se só se alcança a santidade do espírito num rapace? Mulher há de ser ferida e ferir, dizes, não sei maneira que não seja furiosa se rindo dentro de mim, fazendo aniversário e desafio, careço de uma música que não me caiba nos ouvidos, mãe, mulher duelosa há de ferir a si principiando aí o começo desorquestrado de meu tempo, desabamento é trejeito na caminhada, os adornos são mortalha: oblíqua, o peso dos brincos dão para pensamento, o que penso nas orelhas balançando e morando aí uma puridade, que é confidência a uma só gente com dois ouvidos, e deve vir de puro sem que teça relação com banho em águas, só mesmo o áspero de ser diverso, divergindo do dito de todo dia, puridade é um TABERNÁCULO permanecido, não tem durante porque um dia desembocou limpíssimo em ser um algo, tem um bruto cúbico, não segreda com limpeza e sim com uma ancestralidade venenosa de tão encovada – formigueiros, um sussurro para dentro da pedra.

Estou esquecida desde que nasci, formulei-me sem memória de solicitar que venham até mim, das palavras sorrateira cobra, tenho tons de quem exige mas aprendi a pedir quando aprendi a dançar lenta e calma sobre o bote, e eu aceitava também aquilo que eu não tinha, não me fizeram poemas, essa falta se derramava num lampejo de crisol, pertenço à antiga linhagem, a do corpo, sou dada a omofagia nas esquinas, a me retorcer nas voltas das ruas e da linguagem do sangue ainda quente, tragam-me um touro, a cabeça de um touro sobre uma bandeja de prata, tragam-me a cabeça do touro, a possibilidade de dilacerar o corpo de um touro sobre as dobras de meu vestido de cambraia bordada, a boca retorcida me abrasa, tragam-me o touro pelos chifres, a extremidade da força é chifre, o touro aqui agora neste minuto, quero percorrer as margens. Minha dança tem chifres, o que me falta tem cornos, o passo em direção ao caminho esquecido chifreia, Herodias-mãe com chifres, Herodias-Minotauro com requintes tem um modo específico de lançar-me inúmeras vezes no labirinto em incursões geométricas, sinto calor e ardência de sol, a cobra dá com os nós dos cornos sem que os tenha, olho-me e é possível que eu descame, a minha pele me embala pontiaguda, me põe cabresto de bicho de cerca e sela, me deflagra, tem chifres.

Pergunto à mãe Te sabes umas anemonazinhas engradilhando o espaço? Era minha essa forma colorida de posse. Aqui não me pisem. Grilagens florescendo no crepúsculo, anoitece. Eu, mãe, era carecida de som, diálogos na retaguarda, teus passos de abadessa sem nenhum remoço, depois a face de enfeitada e o nascimento das tuas entrelinhas: aí anuncio o meu silêncio num arriar de olhos para escobilhar a terra, calo-me. Carecia o som das danças, essa forma de extermínio. E ficava nascida, olho d'água sobre o dedo de Deus. Chorosa só quando calada lembrando as virtuosas mulheres desmemoriadas para ilimitar-me, imaginava uma mulher santa que contraía amnésia e começava a crescer desenfreadamente de modo que num belo amanhecer, sim, era por todos considerada uma giganta, mas não sabia e não sabia por que a consideravam santa, a boca não entendia por que do nome em cuja a cara ela estava grudada, fazendo aberturas imensas para dizer daquilo que igualmente não sabia nem ousava adivinhar, porque não se lembrava como caçar adivinhação. Me vinha de sentir medo, então eu dizia, nuns santificados balbuciados, ressuscita-me, o que se move é um corpo morto, assenta a pedra bem junto a porta, apascenta o rebanho que não tenho, desperta-me para meu sono, tira de mim estes opostos de atinar silêncio em qualquer música, de repagar a minha saúde com enfermidades insolando, fazes da palavra uma condenação mas uma condenação que redime só mesmo sendo entrançada e assim mesmo de um ingênito sentir sede, sei em estado de choque a mão que se falta junto da minha, apascenta as minhas ausências, os de onde fui embora para que eu possa reconhecer, de mãos vazias, que não posso com o imponderável, improvisas que eu não me perca quando não puder empreender qualquer caminho que seja a volta, ainda que torta, àquilo que eu não pertenço. Arrelia-me, invoca-me. E imaginava um fio lentinho passando dentro do ouvido de Deus. E ficava como que escutada. Então cessava, mas nunca os pedidos.

Rompo com a minha lógica quando modifico os hábitos, tenho sede e me ocupo de uma bebida que esquenta, à noite empreendo sozinha uma dança de impossível companhia e exerço aí a minha luxúria mais funda: a de ser íntima. É inevitável tanto isto quanto o olhar alteroso de quem reconhece as intempéries de olhar coisas carecida de pouco mistério e sombra, feito elas a tudo se mostrassem, porque se trava com a impossibilidade de alcançar os devidos uma acareação entre iguais. Aprendi um pouco tarde que necessito olhar as coisas do alto delas para que o pé seja de igualdade, digo, por exemplo, Contigo travo um contato raso e, imediatamente, contaminada pela palavra, me vem o travo à boca, mergulho e frieza binários desconhecidos, eu poderia me dizer mar aberto e também um banho gelado noturno nele, isto é certo, nele que sou eu contrariando a física que o meu tempo não descobriu tão funda, esse meu tempo inteiro suspeições.

VOVÓ, MEU CU

A velha me chama papisa, às vezes papisinha em baforada quente no meu cangote, os pelos em pé, me pondo para dormir um dedo lá dentro da minha pepeca, o dedo tremelicando como tremelicam os braços das mães ninando bebês, me guarnece porque é forma sutil de tocar o que tenho de mais fundo e de intocável para mim, é por esse dedo que vivo e que sempre vivi, chupeta minha sempre foi a de menina criada pela avó, mamilo escuríssimo grudado na carne murcha adentrando-me a boca, meu nariz rente à pele abrindo baús esquecidos em oceanos e mausoléus, cheirando uma época remota de alfazema e melaço, aquele cheiro o cheiro pertencente a algo maior, ao código secreto dos velhos que se abre diante de meus olhos com seus cheiros de murtas flores do campo lavanda alecrim talco leite de rosas polvilho podre, depois ao diminuto segredo daquela velha em si, daquela velha eleita que era minha em resposta a eu ser, por descuido de uma geração, filhote dela mordendo-lhe o bico de sua carne disforme e abatida da qual não desponta seiva, somente minha fome alargando-se aos jorros.

Vovó ordenava todos os dias como que para eu não esquecer de jeito nenhum, para eu chamá-la sempre que largasse meu cocô no fundo da privada, depois dizia pela rua que a menina velha ainda não sabia se limpar sozinha. Aí eu chamava, vovó vinha arrastando os chinelos – sobretudo por essa ser a única maneira que ela tinha de caminhar – empurrava a porta do banheiro, me mandava levantar da privada e ficava lá, não sei quantos minutos observando o meu cocô, na sua cara uma ternura de quem analisava a neta recém-parida ou de quem acabava de saciar a fome com um prato que há muito despertava sua curiosidade. Às vezes eu precisava lembrar a vovó de que eu existia ali, de pé ao seu lado, com a calcinha arriada e o cu sujo, ela acordava de supetão e me corrigia muito brava, dizia que cu não era para eu dizer, que era para eu dizer rodela, eu dizia rodela, ela me pegava pelos braços, me sentava de volta na privada – as minhas perninhas balançando – com a rodela bem arrebitada e ficava passando o papel por ela, enfiando de leve o papel na minha rodelinha, dizendo que eu era a menina da rodela mais suja da rua, a menina mais porca e suja tão lá no fundo que era difícil de limpar, aí ela enfiava mais o dedo com o papel e eu sentia como se estivesse saindo de novo cocô pela minha rodela, mas era só sei lá quantos dedos de vovó com papel em volta. Ou então ela só socava o dedo mesmo com cuspe para ver se assim essa menina imunda de encher qualquer rato de nojo conseguia ficar limpa. Vovó ficava tão brava comigo.

Aí chegou o dia. O dia do entupimento da privada, vovó disse hoje você não vai fazer cocô na casinha, me colocou com as quatro patas no chão e disse agora faça, deitada com aquela barrigona para cima entre as minhas pernas, a boca aberta, a minha rodela meio tímida, o coração dando uns saltinhos maiores que era a forma de o meu coração ser quando eu ficava feliz e assustada ao mesmo tempo, como quando passei a mão por aquele cachorro enorme da vizinha e ele fez uma cara bem bonitinha mesmo com aqueles dentões, o cocô começou a sair todo em bolotinhas, vovó com aquela cara gorda e rosada com a boca mais aberta do mundo, umas bolotinhas caíam direto na boca dela, outras acertavam o nariz ou o queixo, ela ficava doida mexendo o rosto com a língua de fora sem querer perder nenhuma bolotinha, mexia e mexia a cabeça, parecia eu jogando pitomba para cima e tentando pegar com a boca na descida, ela ficava assim com essa cara gorda mexendo e mastigando e dizendo que eu era uma cabrita, que eu era uma maldita, uma cabrita e também porca e também suja e que eu merecia apanhar muito e pedir e pedir perdão a Jesus por ser tão imunda e fazer aquele cocô de cabrito, meu coração aos saltinhos maiores e maiores, eu olhando a papada de vovó por baixo do meu corpo e feliz porque a papada era engraçada e assustada porque eu era suja cabrita porca imunda e porque Jesus poderia não me perdoar nunca. Chegou uma hora que o meu cocô acabou, ela ficou nervosa mastigando e pegando nas mãos e enfiando pela sua bocona as bolotinhas que haviam caído pros lados, segurou as minhas duas pernas, levantou a cabeça com esforço e deu uma lambida cheia no meu cu, deu cosquinha boa, aí eu disse rindo e sem nem pensar ai meu cu, ela colocou a língua de volta para dentro da bocona muito rápido, parecendo máquina de bilhete de estacionamento, disse rodela e não cu sua porca papisa Joana sua endemoniada sua podre sua cara de esgoto e me deu duas tapas bem grandes, uma em cada lado da bunda, que encheram os meus olhos de lágrimas.

Depois era domingo cedinho, vovó me vestiu bem bonita com vestido de cambraia bordada, enfeitou meu cabelo com laço verde, lambeu minha cara ainda laganhosa e saiu pela rua, mãos dadas comigo, eu um acessório dela, até a igreja Sagrado Coração de Jesus. Vovó dizia no meu ouvido peça a Jesus para purificar essa sua alma língua de gato vira-lata sempre que eu ia me confessar, e apertava o meu braço com força até ele ficar vermelho escondido debaixo da manguinha do meu vestido, eu dava uns passinhos até o confessionário e, olhando para a estrutura de madeira, supunha a cara magra com o nariz enorme do padre pendurado cheio de pelos saindo. Especialmente nesse dia segurei o riso ao imaginar a cara do padre assim e a expressão boboca que ia se formando na cara dele enquanto ouvia os pecados das gentes, porque cria que desse autocontrole dependia o perdão que Jesus iria me dar. Contei ao padre que era má com vovó, que eu a fazia fazer coisas ruins que ela não queria fazer, que eu lhe dava dor nos nervos, que eu era ladra de fruta de feira, que ao meu nome Joana cabia um papisa anteposto, porque eu era malvada e parecia a papisa montada naquela besta do apocalipse, mas por dentro eu ria daquela cara besta do padre com os pelos saindo do nariz enorme como se quisessem, os pelos e o nariz, invadir a sua boca, e por dentro também eu pensava em como havia acordado de um jeito gostoso, sentindo o meu dedão do pé enfiado num buraco que era a rodela de vovó, em como fingi dormir pela manha boa que era estar adormecida com o dedo lá dentro. Pensava em como vovó sentou de vez sobre o meu pé, que doía esmagado pelo seu peso, em como ela ficava dizendo ui e ai e ficava soltando uns risinhos dizendo pare menina do capeta pare papisinha sua besta-fera seu projeto ruim de miúda ui ai e ui e você não presta menina você com essa sua mania feia de enfiar as suas coisas em todos os lugares que vê pela frente, por dentro eu pensando em como gostava de me fingir de dormida ou de morta enquanto vovó tinha meu dedo do pé ou da mão dentro da sua rodela ou da sua pepeca que às vezes engasgava seca, em como eu gostava de vovó sem dentadura no meio da madrugada dando lambidinhas na minha pepeca dizendo várias vezes xota, eu vou engolir essa xota inteira, dizendo na sua idade eu tinha a xotinha assim feito a tua, tão fresquinha e cheia d'águas, eu dormida ou morta querendo ela lambendo ali para sempre, eu que nem sequer respirava porque não queria que ela suspeitasse que aquilo era um corpo e que aquele corpo era vivo e que aquele corpo era meu, corpo de menina porca, eu queria era ser qualquer coisa como uma pedra ou não sei o quê mais lá, desde que ela ficasse ali me lambendo para sempre, babando a minha pepeca com aquela boca desdentada e sem sorriso mesmo quando sorrindo, desde que não houvesse qualquer pista deixada que era eu ali, que ela dormisse comigo no sentido de esquecer comigo que eu existia, porque naquela hora eu não precisava existir, não precisava nada que não fosse sentir aquela língua velha que andou o mundo intei-rinho, que andou e parou na pica de vovô como param as bocas das mulheres nas picas dos homens que dormem com elas, isso eu já sabia, ria lá dentro por ter esse conhecimento, depois fazia em nome do pai do filho do espírito santo cinco vezes seguidas por saber, o padre respondia cinco ave marias e três pai nossos minha filha, não suspeitava que eu sabia sobre as picas mas que de perto só conhecia cona ou muito moça ou muito velha ou com levíssima penugem ou com a pentelhada inteira branca, eu rezava com juros eu rezava dez vinte ave marias cinco dez pai nossos para ver se o perdão vinha e se vinha depressa, para ver se o perdão caía sobre minha cabeça e me fazia, de repente, uma menina santa e recém-saída do banho, perdão-bálsamo aos borbotões, eu uma menina que não queria ter uma pepeca com uma cara engelhada dentro, menina que não desenhava no diário uma pepeca enorme, não por ela ser enorme de verdade, mas por quentura ser impossível de desenhar, com coisa escorrendo de dentro, uma coisa que era água só que mais melada, uma coisa que secretamente depois a menina passava no dedo e levava à boca imaginando que ela era a avó, que ela era então a rainha, a dona de tudo, a autoridade antiga da casa, a de quem um olhar bastava para reprovar, assentir ou fazer a menina abrir as pernas, a menina pôr as patas todas no chão, a menina estirar a língua e chegar perto, a menina esticar a perna com o dedão voltado para cima.

Papisa eu me fazia a cada dia, nas palavras de hoje aos poucos eu me tornava figura de veracidade questionável, vovó ralhava comigo, o braço erguido com a carne frouxa balançando, eu olhando aquele braço meditando aquele braço entendendo o que era um braço – vendo a hora a carne despregar ali mesmo e cair na minha cabeça – até a voz dela ficar lá longe, impossível de eu escutar entendendo, essa era minha cura, só aquele braço mole na vida, aquele braço que só sabia balançar ao menor sinal de movimento e que, por ser essa a sua única ciência, haveria de balançar para sempre como balançam os balanços dos parques, os pêndulos dos relógios, as cadeiras de balanço e as asas dos passarinhos através dos anos.

Depois as Erínias porque as Erínias chegaram naquele dia primeiro eu de cócoras no prato de sopa morna de cenoura, vovó deitada no chão da sala, o coquinho sempre arrumado começando a desmontar da sua cabeça, vovó lambendo a minha pepeca suja de sopa, eu só grunhindo fechei os olhos, depois senti o dedinho entrando na minha pepeca com sopa e tudo, abri os olhos um pouquinho, ela disse que estava procurando qualquer coisa que não sei se não escutei o nome ou se só não sabia o que significava, não pedi repetição porque queria mesmo que ela procurasse naquelas procuras em que não se acha a coisa tão cedo, ela dizia estou procurando com uma cara iluminada, cara de gente bem boazinha de avó que preparou sopa morna para a netinha, aquele dedo entrando com mais força na minha pepeca, abri a boca bem muito como se estivesse comendo porque eu me sentia como se estivesse comendo, mas comendo querendo comer e gritar ao mesmo tempo, aí eu dei um gritinho, rapidíssimo surgiu um segundo e um terceiro dedo e ela me escavacava, aqueles três dedos gordinhos para frente e para trás de modo que eu queria comer e gritar e ser comida – ter a linguinha da minha pepeca dentro da boca dela, mas então doeu e eu dei um daqueles gritos que eu dava quando acordava de um pesadelo em que vovó morria com os dois olhos grelados em mim, olhei então para baixo, eu procurava a cara boazinha de vovó como consolo de que eu não precisava me preocupar porque ela cuidaria de mim enquanto eu fosse menina e eu seria continuamente menina então vovó cuidaria de mim para sempre, o prato dentro laranja com uma pocinha vermelha também dentro, o coque de vovó desmontado e partes dos seus cabelos caindo dentro da sopa, a cara dela foi se aproximando, ela enfiou a cara inteira até o fundo do prato, lambeu tudo lá de dentro como se não comesse há dois ou três dias, uma gata velha com o focinho inteiro dentro da tigela de leite que lhe deram por comiseração, lambeu e lambeu até limpar o prato, levantou a cara toda suja de sopa e de poça e se enfiou inteira entre as minhas pernas, não caí para trás porque ela passou os braços em volta da minha bunda, eu sentia as linguadas enormes na minha pepeca, ela ficou lá uns instantinhos, mas eu não sentia aquela cosquinha boa porque a dor era muito recente para que eu a tivesse esquecido. Depois vovó me pediu ajuda para levantar, entre murmúrios que falavam de Erínias de crimes de sangue de vingança e de coisas que eu não entendia de coisas que eu alargava bem os ouvidos, depois repetia as coisas comigo mesma para guardá-las direito na cabeça, a boquinha abrindo e fechando em articulações silenciosas para pensá-las mais tarde, para pesquisá-las e entendê-las também mais tarde, porque o conhecimento era desde cedo o meu intento e a minha crucificação, vovó dizendo esta casa é o Tártaro, as Erínias nascidas daquela poça na sopa, daquela poça que eu sequei não por gula não por cobiça não por luxúria mas por querer salvar a casa, salvar a peste de sê-la, devolver a ela o seu cabaço, depois Alecto vem me perturbar o sono sob ameaça do meu fogo mesmo em tochas, depois Tisífone vem murmurar no pé do meu ouvido meio surdo que o que cometi foi também assassinato, eu não escuto, Tisífone me atormenta o íntimo a ponto de eu ser internada como velha-louca, velha sem banho mais louca da região que levanta a saia para pessoa e besta e para a lápide do finado marido, sem perceber que ninguém, nem bloco de pedra, é obrigado a ver xota de velha, nessa hora uma peninha da pedra, o calor cedendo do vulcão extinto, aquele rompante de agarrar forte a menina contra o corpo durante a paz de Cristo, de naquele lugar mesmo enfiar a língua pela boca da menina até a língua chegar na garganta de enfiar a língua pela boca da menina até que a língua saísse pelo cu da menina lambendo existências lá de dentro, seus projetos de bosta, aquele cu manso e tímido tartaruga retraindo-se para o casco, aquele cuzinho que a menina mutum-do-cu-vermelho teria de chamar rodela rodelinha rodelusca para que cu cuzinho cuzusco fossem léxico-único de avó, palavras proferidas pela soberana.

A minha fome crescida comigo desde menina com as quermesses só minhas e dela, fome em crescimento ainda, fome com gigantismo, a santa padroeira ela, acendo as velas, os pés rastejantes dos chinelos e das solas sozinhas gastas por anos de nudez eu pego e eu beijo eu pego e eu coloco dentro d'água para purificação reverente, limpamento de percursos, do enxugamento eu penso chance de oferenda capilar – com meus cabelos da cabeça dos sovacos da xota e do cu, mas há alarme clandestino quando toco as rachaduras que sobem até os calcanhares, é como se as várias boquitas dali fossem sugar a água inteira e me deixar com oferta vazia ao que de mais antigo eu não sabia se conhecia, mas ao que de mais antigo eu olhava e tocava sem que pensasse se precisava conhecer o todo, a única totalidade que eu via livre de compreensão porque me bastavam as partes isoladas, esquartejamento diário e guarnecimento sempre vieram antes, eram minha toca úmida que me permitiam dobramentos contorcionistas e natação uterina. A minha fome dilatando-se, minha fome anéis acrescentados e uns acrescentando-se, guizo edificando-se, chocalhar cada vez mais alto, o perigo o mesmo, porém o anúncio de destruição cada vez mais proporcional ao tamanho do próprio perigo, papisa e cascavel à espreita na prega-esquina, Joana quase não sou, a boca na ponta da carne massa de modelar murcha, tugúrio um improvável modelamento, mas sem esforço poderia amoldar com as mãos barraco nela se quisesse, mas o que quero é só dos bicos despontando nadas, a fome alargando-se porque sempre foi assim que vovó me alimentou.

E a mim, com fome, me vejo aniquilada.

O LUGAR DE UM, O LUGAR DO OUTRO, O LUGAR DE UM SÓ

o que é uma letra?, enfurno o olho nuns por dentros, preciso recompor o fio da ficção que me trouxe, tem olho o Torvelinho, um que tudo vê, rasga e acende, uma luz lhe inunda e torna oco, animal oco, rodam ratazanas, gambás e bicos de biguás em volta das asas, uma luz lhe inunda e esvazia a cara, há sempre onde cair e onde se cai é também o que ampara. eu queria correr por dentro do que tivesse corpo, o toque, o desfolhamento, a gente nunca sabe nada do ver. como estar próximo?, como de fato TOCAR?

eu queria me desmanchar em micropedacinhos de matéria viva.

O QUE É QUE VOCÊ TÁ SUSPIRANTE ASSIM? nas alturas. parece um doido. nas alturas das águas. é que volta e meia eu lembro do Torvelinho, você sabe. eu sei, sinto o cheiro daqui, o aí de dentro da sua cabeça, miolo e fúria, cipó retorcido e sílaba. eu sei. mas movimento de rotação em espiral, os pequenos voos, um tom urgentíssimo, você deveria começar é pela vida do riacho para cá, das bandas que são nossas, olha só a gente, o Olho-vazado que se tornou um que teve o coração transpassado, trejeito quase enternecido, uma cascatinha descendo livrada no peito montanhoso. um coração que vê. que vê mais ou menos, ver não se parece tanto com isso, não é como se houvesse imagem que a minha capacidade de ver conseguisse ordenar e pôr no lugar de coisa vista. o meu olho vaza, às vezes deixo que seque ao sol.

de todo modo não é ainda a vez dele, do Torvelinho, do animal oco cujo corpo é um esconderijo submarino. você tem razão, fica de mau tom começar por esses assuntos de funduras, o charco devorando o mundo. quero antes. antes que a gente se enfie. desfiar o fio que guia pelo labirinto. Olho-vazado me faço e surjo com as palavras da queda- gem e não é exatamente bonita a paisagem, sempre assim profunda rica inquisidora lírica ou não tão só, porque é cisterna a paisagem e frio e lodo e nojo, sobretudo nojo esse que não me larga, imagine você ser siamês e ter que dividir até a bosta do cu com outro sujeitinho que também é você, não na cabeça, mas na carcaça e nuns por dentros, vesícula fígado pulmões e até na inutilidade suprema do apêndice, o cara quer até o que você tem de mais inútil e ainda bem que eu não tenho é nada, que cedo compreendi: a vida é um avesso, além de vesícula fígado etcétera etcétera, tem também aqueles alinhavados pegajosos todos, os intesti- nos que são de um e que são de dois, a cobra que morde a própria cauda com maravilha ou desdém e sobremodo eriça as escamas numa vertigem de espelhos. surjo com as palavras do precipício e ora aqui ora acolá mudo o nome, pareço outro, um lá-e-cá me preenche, um lá-e-cá recheia a carne gordurosa do bicho morto. escancaro a fera, parece que a cara em mim não gruda, mas desgrudada da minha cara tenho outra, ele é que tem, ramificação no nosso pes- coço, o Olho-ostra, esse que sou eu e que não sou, esse que é bicho de estremadura feito eu, eu que aconteço e sigo impossível de VER, "mas o que é que significa VER?" é o que dizia a dedicatória que um homem escreveu a uma mulher, e eu roubo a dedicatória, roubo-a agora que me lembro dela e não no primeiro instante, o livro em mãos, a boca um pouco seca de estalo de espanto, ou eu que vejo e não me atenho, que capto e não fixo, que quando fixo já me esqueço e dou o salto, este salto e o seguinte para que venham outros, cindido de tempo e chão da queda, eu tive um sonho dos homens antes da palavra escrita, de que se encharcasse e se instaurasse neles um sem nome, como uma peste a um corpo esquecido sobre o qual o tempo poderá deitar sombra ou poeira, os documentos inúteis e timbrados marcas d'água assinaturas rubricas ter um nome para ter onde pôr a casa, pôr a casa num nome que existe segundo um documento, e não segundo a um reconhecer-se a si como chamado, ter um documento para pôr ordem na casa. eu sei lá, eu fico pensando que responder ao chamado não pode ser determinado por chegar no emprego às 8, largar às 18, papel pautado, engarguelado até o talo. proatividade e migalha apodrecem sempre para dentro, o primeiro homem que leu sanções na placa, que detonou a bomba cuja destruição é frágil. eu sou um caga-lume, no meu olho tem espaços abertos, córregos. uma claridade frouxa. nunca me vi.

Olho-ostra está parido, como recompor o fio de um labirinto cuja entrada não existe e cuja saída se faz o próprio caminho?, Olho-ostra tenho sido, escrevo os meus refúgios todos num tempo de esperas e pressentimentos, a ficção é o labirinto, meticuloso afio as barbatanas, sou um peixe subterrâneo e aguardo um desastre nuclear, o cataclismo que fará voar a km/h supersônicos as gravatas, as cores dos semáforos, as antenas parabólicas dos edifícios e das casas, os vidros e os ponteiros rígidos dos relógios, as chinelas que por ventura uma mulher calce e as botas que por ventura um homem lamba, os dentes de leite dos meninos e os dentes permanentes dos adultos, a bomba que é um cálice e que entorna sobre a terra a sua grande mancha. fico no bueiro feito pertencesse a uma espécie específica de barata, caixas de esgoto tubos de queda d'água lixões jazigos fossas ralos curtumes, meus lugares de dizer que não fui pego, só os organismos mais simples e mais lentos conseguem estar no mundo e ir com ele, de modo que uma barata pode viver sem cabeça durante algumas semanas e que suas células por se reproduzirem com vagar possuem mais tempo para solucionar danos fatais causados pela radiação. mas aí é que tá. e se você tá errado? e caso essa bomba tal qual você imagina não chegar? você se sente muito especial por prescrever os caminhos, por ser esse sujeitinho insuportável, sempre para dentro. você só entra em você. e fica aí, entocado. você acha bonito nunca ter jeito de puxar um assunto. que merda. sei que entre o abismo e a casa não há cerca parede qualquer vestígio de divisão, é por isso que há o umacoisasó, que são o mesmo o abismo e a casa ou o abismo é a casa e a casa talvez seja o quintal porque a casa onde eu caía, o quintal onde eu ralava os joelhos que são meus e que ao dizê-los meus digo também que são seus: ambos sentíamos a dor sem que ela se dividisse pelo número de cabeças, em duas, a dor intacta cobrava o seu preço e era a minha e a sua dor distintas e uma mesma. é arejado o abismo, nele sufoca-se na ventania, uns atravessamentos na garganta, na cabeça os cabelos num maremoto cruzando por cima. somos filhos, temos pai se tem pai uma pergunta que dorme escarra caga e morre? o fio do labirinto está descascado e é elétrico. o fio da ficção que me trouxe é uma raiz que flutua.

houve o sopro, o sopro na boca para que aprenda a falar e responda, para que ganhe Germe e empreenda a grande viagem, o início, a travessia de animal recheado e sacro, o verdadeiro nascimento, e há o umacoisasó, o abismo que habitamos, a casa ou abismo que nos lança ao mundo que sonhamos acima de qualquer suspeita. estou há uma hora do fundo falso, digo não caio mais em armadilhas mas vou ao trabalho, são fios invisíveis, só cago quando volto, ligo o despertador que toca um ou dois minutos depois que acordo, o bicho morto recheado e muito bem adestrado, sinto uma falta a medida em que sou solapado ou me solapo a ponto de tentar, e muito mal, tecer o labirinto quando estou extenuado e não me resta mais nada, nenhuma opção ou vontade, quando estou exausto demais até para dormir. a linguagem é uma larva pontiaguda, me enoja. peixe de chifre. peixe tem corpo aquoso, molenguento assim moldável pelo meio ou porque é meio, não sei se uma continuação que difere, água transmutada ou se água mesmo. se tudo não é uma coisa só. uma hora fica. o labirinto que teço não sei se tem corpo de pergunta, se é início ou continuação de algo que não se sabe e, abruptamente, chega. uma hora foi. mas sei que interrompe uma linha, explode uma esfera: a de passar tanto tempo a desempenhar papéis de si mesmo, menino memorizar os conteúdos todos na escola com a finalidade de tirar a nota máxima na prova, memorizar o que precisa ser feito, otimizar sempre otimizar desde sempre, pigarros e tapinhas nas costas, estar em dia com os deveres para só então cobrar os direitos, eis um verdadeiro cidadão, só seguir em ordem todas as memorizações como se estivesse desempenhando papel trivial de ser a si próprio.

Olho-vazado não retém e é por isso que abarca, parece que só vai passando, fazendo pequenas inaugurações, há nele uns sustos. o abismo e a casa, esses dois que de longe se avizinham, dão ar de minha familiaridade com a vertigem: não há coragem em salvar-se pela doença, é assim também com essa ficção, com esse estar à beira, com as palavras que detono nela, palavras que desde muito conheço e no entanto, compondo o que sobra da explosão, não sei quais são. é por isso que são familiares. para de querer ter as palavras, escreve com as palavras que você não tem. risca com ausência. esse entalo seco diante das formas mais plenas de covardia, da perversidade estourada em quatro tiros na cabeça de uma mulher negra que difere e questiona, e agora esse rio enxuto que fica correndo dentro da gente. a gente fica sem ter onde caber. fala o que não cabe. o que é o possível? e o irreal, essa coisa que não se sabe?

e o Torvelinho, o Coisa Impossível, esse que deu medula e osso num sopro e em contrapartida foi soprado, que tem um corpinho denso de vento, aqui ele chega, cai telhado esburacado de casa, desmonta árvore de caule fino, qualquer caco mal pendurado, o olhão escarafunchado cintilante que tudo vê, lampejo e punhal escarafunchando. tão bonito ser ambientado, sem espanto de haver um mundo, de estar em alguma porção dele mas o que é ele?, sem revirar o cascalho com ar de algum brilho gravíssimo escondido.

o Coisa Impossível.

que se estivesse morto estaria aqui pelas bandas da gente, sem levantar o pó, sem arremessar a poucos metros coisa miúda com alguma graça. duro. frio. fixo. mas porque vive diverge, e então impossibilita: se afasta e não sabemos onde é que ele está aqui-agora, nem sabemos o que seria aqui-agora, a substância de que é feito, claro que depois da nossa insuflada vocação de ser a imagem mal ajambrada e semelhança, um chicote a golpear os cornos, um pequeno sorriso arriando da cara, e a gente aqui que se confie em governo igreja casamento INSS. aí vira um não tem quem aguente.

fazer tomar corpo. nutrimo-nos um do outro. e quem é que não? não é como se porque fôssemos dois irmãos grudados. não nisso. chang é quem fala, eng enquanto isso pendula. é outra forma como nos chamam aqui, chang e eng, do riacho para cá, embora a gente não tenha a roupa de grande atração da noite. a roupa ausente tem estrelas bordadas no alto dos dois bolsos folotes que estão na altura dos peitos, um fundo azul anil, um fio dourado que passa pelas bordas das estrelas e culmina numa lua minguante imensa na barriga a despejar um ocaso. recém-paridos, marcávamos a inauguração de um mau augúrio que por desforra ou graça os pássaros esqueceram de voar e cantar. mas ainda não era esse o nascimento, a tentação. o nosso corpo tem dois extremos, os dois deliram, mas o entrelaçamento é o êxtase, é o ponto exato no qual habita a nossa reciprocidade. Olho-vazado, Olho-ostra, para além do nojo, da sujidade da víscera: o cerne, para além disso de estar sempre acoplado ao irmão, essa intimidade que a gente tem, que há entre quem se fecha e quem se abre, que no fundo joga o mesmo corpo na experiência, no espaço, no nosso interior comum. chang abarca tudo com o olhar, de repente o nosso corpo não coincide, um entalhe no meu olho, sigo vendo sem me ater, o meu olho é um buraco que suga, mas é possível não esquecer que ressoamos, pequeninos frutos do contágio que somos, as formas de abrir no mundo e, somente por essa fenda, inaugurar o desvio, fazer uma festa a tudo que deriva e que rompe, corda que se puxa firmemente nos dois extremos, o dorso aclarado do mistério.

estamos os dois na beira da caverna. daqui vejo os cipós retorcidos como a escuridão mais escura: labirintos que se emaranham. o lugar de um, o lugar do outro, o lugar de um só. o lugar de um só, o lugar de um, o lugar do outro. perto da entrada e penso: quando a ponto de cair na verdade, salvar-se pela doença. não esturricar em cima do mistério uma ânsia de resolver, mas num sopro de distração sonhar em esclarecê-lo, o sono leve cuja falta faz ao homem, o desejo viscoso, a dúvida que sucede toda curiosidade. que as coisas são menos estes dois pontos em que o eixo da Terra corta a superfície terrestre e mais o fosso que aí está, no meio. é nesse em suspenso que nem é norte e nem é sul, é nesse entre que reside a graduação. nela, o inalcançável. nessa laminha secreta, argila e água por onde sobre se assentam os tijolos. que o homem, a se distinguir do cosmos, tem propósito. e o cosmos, a anteceder o homem, tem inércia, dizia o livro. a simplicidade é dura e traz saúde. a complexidade é molinha assim, fio de haste invisível, e traz doença. aqui nós, um que se funde, outro que se reparte. um ambos. aqui nós, e um estar à beira que é repugnante e delicado. um passo e adentramos a totalidade obscura da noite, a fusão daquele que vê com a esfera mais íntima, o desencarrilho do labirinto. e então o fim, o fim de todas as palavras daqui, o fim de todas as palavras que são, ao modelo do que o Torvelinho faz voejar desajeitado, um pequeno nascimento proveniente da lacuna.

eu fico à porta, você adentra. você faz a condução e transmite para fora aquilo que vê, eu dou formas e voltas a qualquer coisa de indescritível. a gente é isso, audácia e reserva. e o inevitável desfere a pesados golpes sua parcela de intransponível – o Um é cheio de dobras. e é tudo. é vasto. eu aguço os ouvidos, você amestra os ossos. você

empreende o passo. nosso jeito de verdadeiramente nascer.
desfolho em verbo esse indescritível, eu o encerro e nisto
é que acendo um lastro, como quem acorda de um sonho.
rodam ratazanas, gambás e bicos de biguás em volta das
asas do pássaro implume.

INÚTIL CORROER O OSSO DA TEMPESTADE

Se, em toda gestação, um único corpo abriga duas vidas e dois mundos,
aqui, uma única vida divide-se entre dois corpos, entre dois mundos.

Emanuele Coccia

as minhas escamas são minúsculas, o costado é esverdeado, deste lado do atlântico que falo. tive um corpo inteirinho transparência, até que fui crescendo o vidro ficando espesso, opaco: uma parede, e ficando menor mais curvado, porque de proximidade com certas coisas que na estirpe guardam umas surpresas assim é que me tinha, como é com o Mar dos Sargaços, ou com as pessoas velhas velhinhas, o corpo diminuindo, mas o Mar dos Sargaços é o meu caso, me tinha afundado, eu não me sabia outros assuntos que não o debaixo e que não o do salto, o do momento exato do salto. a proximidade com o Mar dos Sargaços diminui junto do tamanho do meu corpo, cumpre um destino que eu sei lá, é de eras fisiológico submarino, é de águas e não se escreveu em nenhum lugar: aceitar está fora da cabeça dos peixes. isto aqui, também. vou nadando um percurso que está fora da minha própria cabeça. quero cruzar quero vazar
uma fronteira
uma barragem
um mistério
a migração para cursos de água onde o leito é de areia

coisa que eu mesmo faço e que também fazem uns outros daqui que estão assim, uns outros daqui que estão assado: noutro tempo, no frio, sob uma camadinha de areia bem enterrados.

noutros tempos, refugiados numa pedra, vivíamos parados, dormíamos horas e horas até que tive um sonho com os homens: um grande, outro pequeno. um menino chegava e dizia tio esse negócio cinzento o que é aqui por cima deste jerimum?, o tio dizia é bolor mofo, meu filho, significa que está podre, como assim podre? o que é isso de ficar podre?, significa que está velho meu filho, que tem de jogar fora, explicava o tio, o menino ficava pensando no avô naquele quarto no final do corredor, as mãos e os pés retorcidos feito umas raízes, aquele futum quando se passava perto da porta, umas cascas grossas e escuras substituindo a pele. pensou só pode ser isso ficar podre e parecia horrível apodrecer. na cara do menino havia nojo e havia uma careta sem que ele percebesse, mas por fora do sonho, bem aqui nesta trama, morrer o menino não sabia ainda que se morria. não sabia que de apodrecer não se deixa nem quando se é jogado fora, a sete palmos da terra com todo carinho saudade coisa e tal. um dia ia saber, iam dizer esse aí dizia sempre que não queria morrer, que queria porque queria estar aqui, tanto disse que tá cascudo, enjambrado aí em cima dessa cama, essa podridão que ó, e os líquidos já falei dos líquidos que ele solta? parece lixo. um dia ia saber. não só ia saber como ia crescer com essa coisa dentro da cabeça meio disfarçada, um medo subaquático que pegava desprevenido de de repente sumir, de de repente não haver mais nada, nem um fiapinho de coisa sequer. mas pelo medo desse medo, pelo medo de ficar cascudo em cima de uma cama parecendo lixo, porque havia dito morrer eu não aceito, acreditava que se enchia de alguma coragem, que algo operava silenciosamente ali, recheando célula por célula de seu destino. pensava isso para mim eu não quero, e secretamente temia uma maldição de família. pelo medo do medo ficava um pouco ofegante, essa era a sua forma que afinal se assemelhava a todas as formas, fossem de bicho fossem de gente, de estar em pleno ato de escapar de um perigo.

ali eram algas, lodos, uns verdes escuros e um sem cheiro do que numa colisão macia sumia por dentro da água. o peixe deslizava todo escorregadio pelos escorregadios num deslize duplo, água na água, lá onde os gritos se propagam devagar, o corpo comprido meio de cobra no lugar feito para escapar, rastejante. acontecia ao peixe de vislumbrar esse menino, que ele não sabia quem era ou de onde vinha, mas que vinha como vêm certos seres à cabeça dos peixes, mais ou menos onde o sonho se decanta, a fina camada de poeira partícula por partícula amontoada no fundo esperando o golpe, a lapada de rabo ou de nadadeira que levante a poeira como a um pressentimento de que já se esteve aqui ou noutra parte antes, noutro corpo, num todo de escamas ou de qualquer outro tecido que também seja pele. e esse menino estava então no sonho do peixe, ali impresso como uma sombra tremulando numa parede.

o seu nome era miolo.

num eterno mover-se, mas acontecia também de o peixe habitar um segundo lugar que não o do rastro e que havia sim entre a vigília e o sono, entre ele e o menino, duas nascentes e duas corredeiras de um mesmo rio que se contemplam pelas margens. escuro sem fundo, souberam ali que necessitavam romper os reflexos

cobrir com algas a escama microscópica mais antiga
deixar que a ferida insurja sobre o cataplasma
refulgir a água que mais trepida
até que vaze para dentro o brilho que caminha pela
superfície das águas.

inútil corroer o osso da tempestade: o de dentro da
lua incendiando as marés, os dois olhos de miolo e os dois
olhos do peixe se atravessando. e se olhar era bom, um
lugar de ficar o mistério no mistério, a casa na casa. a cara
de miolo se transformava consecutivamente: uma boca
que nasce da boca e é devorada por outra, uns olhos que
escorrem dos olhos, um nariz que emerge e some no meio
de um rosto, às vezes achatado se estreitando até se tornar
aquilino para então desmoronar em duas aberturas rente
a face, como se fosse feito de areia. às vezes com a ponta
indo em direção à testa, de repente com uma montanha
erguendo-se no dorso. miolo tremulante rareava assim o
corpo pequeno e translúcido quando um vulto desceu entre
ele e o peixe e repartiu a noite. miolo foi para perto e com
caras distintas viu o centro do informe – carcaça maior do
que ele, de um bicho irreconhecível e do qual despontava,
poucos segundos após o choque, jorros de uma luz que fazia
o caminho inverso e pojava até as estrelas. a luz, semelhante
à escuridão mais completa, era tão violenta que ocultava as
caras. miolo e o peixe imbricados e repartidos, cada um de
um lado da mesmíssima noite. o esventramento, quando
o menino entrou no que era dele pelo peixe e o peixe cuja
linhagem é a dos desterrados chegou ao desterro: multi-
forme como são as enguias. também os homens.

ouve-se, entre sussurros: você sabe que há aquela
palavra, a que desdobra os encantamentos, abracadabra. eu
sei, eu costumava dizê-la quando brincava, e não acontecia

nada. você pode imaginar como é angustiante se conformar com isso, não é? rigidez, esse correr maçante dos dias, então eu inventava que acontecia. inventava por exemplo que conversava com besouro minhoca rã, dizia a palavra mágica e o meu ouvido se desembaraçava – ouvia todas as vozes. até as vozes muito antigas como são as das árvores e das cachoeiras e das colinas. não que eu soubesse assim, que estava inventando, não naquela época, isso é algo que só fui saber hoje. quer dizer, só fui saber de uns tempos para cá. entendo, mas como eu ia dizendo sobre a palavra abracadabra, parece que uma de suas possibilidades de origem é vir do aramaico avra kahdabra que significa "eu crio à medida em que falo". vê? seguindo essa linha de raciocínio, pode ser que, justamente por ter dito a palavra mágica, você se encontrasse diante do tornar-se. mas o que eu quero dizer é outra coisa. é sobre essa luz, a indiscernível das caras, a luz que emana da carcaça do bicho, especificamente essa, é que essa luz é o casulo. imbricados repartidos, menino e peixe. coincidem, portanto, com a cartografia deste espaço narrativo, a anatomia do peixe e a anatomia do menino.

quem está passando agora? que forma breve ou vasta se sente plenamente ajustada na silhueta que ocupa? já não é assunto de vida e de morte. tudo se enche porque se implica, e os trovões abeiram uma manhã que cederá entre os rasgos. o céu empenando de repente, ventos fazendo circular uma névoa de barro, folhas secas e gravetos. as águas agitadas, bichos ou se escondendo nas tocas ou pisando forte para se fincar no prumo. relinchos. miolo e o peixe candiados por um estreito ao longo das planícies e dos vales, por entre sulcos. a derivação em curso, um tornar-se que poderia ser outro. ter corpo para empreender a viagem de ganhar outro.

miolo reverdece
desenrola voltas e voltas do tecido encarnado
desdobra o ineditismo do primeiro nascimento
até chegar ao cimo
estica pelas bordas a massa pegajosa com as pontas
dos dedos
diminui para crescer
se não crescer, manejar outro começo
salsugem circulando pelos pulmões
e os incompatíveis dos mundos mergulhando outros
desejos
manejo e memória
miolo molda com as mãos um caminho desperto
com as mesmas mãos faz chover sobre as copas das
árvores
executa uma operação, mas é feito um sonâmbulo
o acontecimento lhe escapa por alguma via
e o ruidinho de cada gota ao se chocar com cada folha
parece modificar a ordem dos fios
embaralhar os manuais de funcionamento
de modo que folha gota vento
tudo é força movente de uma única engrenagem
toda estreiteza que há entre tudo o que pode ser
previsto
e que será detonado
para atear o fogo da primeira sede.

TUA MÃO QUANDO TOCA ABRE UM CAMINHO

1

Camélia é mulher de inúmeras listas quando o dia anoitece primeiro e amanhece depois, que aí manhã faz lua e noite faz sol e madrugada não faz coisa alguma dentro de Camélia, nem aquela sensação de poço com alambique dentro. Ela no poço compreende a vida de funduras, quando está fora é também da compreensão num pelejoso buraco, é naturalmente submergida. Sentada irrequieta léguas numa beira de estrada porque vai que a vida passa de uma só passada vai que passa as pernas e constrói casas com beirais com gelosias nas janelas medidas nos dedos, casas frequentadas por formigas enquanto espera vida-godot. Árvore nenhuma pelas redondezas nem um arbusto sequer, só o exato limite de sua ocorrência ali, sentada num espaço exclusivo para o seu corpo, cada qual no mundo com o seu espaço reservado, é o que ela pensa.

Camélia é desmedida – cubista, a fita métrica alucina, um trapézio mais alto do que o outro, os dois lados da boca incongruentes, um atesta sorriso e outro não, faz frio em regiões da cara de Camélia, outras regiões são intertropicais. Os pés de raízes nodosas executam movimentos dificultosos, ela tem os passos contundentes, curtinhos, de repente não dá passo, de repente corre limitada como se corresse de saia, tem uma perna mais curta, piraticoxa dotada de alguma imobilidade. Ela tem o olho de vidro que exibe todos os seus lados quando roda. Anota:

1. descobrir quantos lados tem um círculo
2. piscar entre o fim e o início no intervalo do cisco
3. entender que o real entendimento vem com a desleitura
4. adotar meus dedos para fita métrica do que for insinuante
5. na noite escura, escutar a soturnez de um grilo
6. andarilhar vazios
7. elevar-me diante de tempestades

Criança, quando ainda não havia o poço, Camélia tinha mania de entrar nos buracos e depois milagres dentro deles sem que nenhuma luz emanasse lá de dentro, armadura de tatu para goma de mascar, de uma cona saíam pássaros de asa quebrada, do sapato gruta cheia de pingos e poças e pedregulhos. Ser milagreira era um segredo que ela carregava contra o peito, acima de qualquer suspeita. Hoje carrega a sombra desse segredo e na sombra cantos de ausências.

Damiões gosta de música de tenor, Nessun dorma e aquela sua ambição na vida de chorar – entende nada e fica pleno de eriçamentos. Gosta especialmente das músicas em línguas que lhe são estranhas porque é como se em línguas que ligeiramente se aproximam da sua, a tentativa de expressão soasse bastante difícil e forçada. Nas músicas em línguas desconhecidas, ele imaginava que um prego era perfeitamente tirado de dentro de uma caixa de ferramentas, que a formiga era redondamente empalável. Gostava das coisas assim, em harmonia, e a harmonia era simples: um mistério imanente exclusivo das coisas que ele não entendia. Pensava que declaração de amor só se for falando em línguas ocultas e aí depois dizem que o amor é profético quando ele na verdade apenas busca língua que lhe dê sentido?

Existem coisas nas quais Damiões é perito, porque mesmo uma cadeira é perita em que se sente nela, e uma mesa em que se apoiem nela os cotovelos das pessoas. O não ser descoberto de Damiões era vários: colocar pregos nas paredes, furar a parede e concretizar as obturações de um dentista, futricar o conserto das coisas que têm conserto.

Camélia vai ao parque e observa umas crianças segurando balões, aquele rapazinho com a penugem insinuando-se bigode vendendo balões como se o ofício exigisse alguma mágica do espírito.

2

: eu queria ter um balão como o do menino daquele curta-metragem francês, um balão que se sustenta no ar na medida exata da alturinha do menino, aí o menino solta o balão e vai fazer coisas; depois o menino pega o balão de volta, porque esse balão é diferente dos outros, é balão que não vai embora, que não ganha voo nunca. Queria andar e andar com o balão até gastar as solas dos pés, andar até não aguentar mais até abrir um espaço no mapa até doer inteira até sentir sono até sentir fome e sede até esgotar feito uma cidade depois de uma guerra até ficar desabitada.

Não ouço mais gentes direito, necessito que repitam a mesma frase inúmeras vezes para poder escutá-la e para poder entendê-la, ouvidos de defunto eu tenho porque sou de uma surdez eleita. Tem um programa de TV que mostra policial matando bandido, bandido de olhos cerrados lembrando a hora da morte – a gente nunca esquece o dia em que morre e estar morto pode ser assim: ficar só lembrando da própria morte e de lembrar que lembra, os disparos, depois as balas ali alojadas ardendo e nem ardendo mais, a sensação insuportável do desfalecimento que antecede o apagamento final e aquele estar ali, lembrando. Pois sou assim, meio surda e atada ao lembrar-se que anda em círculos.

: olhe, não que eu goste de furar paredes, eu só trabalho com furos já feitos, sou de meios caminhos andados, a cova rasa já lá, embora eu tenha aprendido a correr antes de andar porque também sempre tive muita pressa de fazer nada, muita pressa sem a ver de quê. Também me afeiçoo a bichos, quinhões de mesuras e descomedimentos, essa oscilação imprevisível entre paz e espanto dos bichos, imagino das baleias, movimento dos tubarões, dos golfinhos, do que não toco dentro d'águas se afundo o braço inteiro, esse meu braço variante comprido para o meu corpo e breve para alto-mar.

Por Palavra posso entender qualquer coisa porque Palavra é coisas e sempre me faz imaginar que dentro dela cabe nadas, cabe liquens, enormes bichos marinhos, dicionários pesados e suspensos, os invento para alinhavar pedras e estruturar chãos nas palavras, invento significados para o que desconheço, sequer sei os significados:

Tonsuras
Vincos

Dobras
Volutas
Rapapés
Mar egeu
Varejeiras
Os nunca vi na vida
Os penso porque sonhei
Escutei não lembro onde.

Grito heras nos muros. Minha fixação é precisa – picho em verde alinhavado rente. Heras é rasteiridade suspensa. Só o que é rasteiro ambicionando nuvens me interessa. Deram-me um nome feminino para que eu não sufocasse por ser A Mulher. Quando perguntassem o meu nome na rua e eu fosse responder iria morrer sem ar com falta de ar. Eu não sei se prefiro morrer sem ar ou com falta de ar mas acho que prefiro com falta de ar porque com nós pensamos ser sozinhos menos e ser sozinho menos é ambição das gentes. Mas então me deram um nome e fica dificílimo pensar em ares – não fosse pelo meu nome e o pensamento correria solto, mas eis que fico vivendo toda presa serpente nos cabelos de Medusa. Deram-me nome de uma flor que nunca vi. Do jeito que vai a vida sem vírgula uma hora o ar falta.

Como combatente de uma epidemia comecei a abrir os buracos, queria ser de um exército que salva, não do que pune. Qualquer dia abro buraco em parede de presídio e promovo uma rebelião, qualquer dia buraco no meu peito com arma que faz rombo grande e terei então a grande rebelião, o verdadeiro começo da minha existência que desde o nascimento foi durante, com as trombetas tocando.

Então a flor que vi nunca, um ponto das costas coçando e o braço não alcança ter um nome de coisa vista nunca antes durante depois. Meu nome é ponto intocável das costas. Meu nome nem eu que sou sei o que é. Meu nome nem eu que olho espelho vi. Puxo a perninha coxa devagar para atestar circunspecção. Rodo total o olho de vidro para atestar alguma ansiedade.

Qualquer dia buraco na tua testa Camélia, que as tuas ideias necessitam respiração. Qualquer dia cavarei a tua cabeça para desafogar juízos para tirar de ti o ar atinado de quem pensa rodando esse olho de quem coxeia rodando esse olho como se quisesse revelar um segredo porém sentisse medo.

Empalei formiga depois O Amplo Significante vem me cobrar o cu alheio no juízo final. As trombetas tocando, dá cá o cu que você tratou de empalar Damiões dá cá o cu com estaca e tudo. Queria ter o cu do tamanho do cu de uma formiga cu quase impossível de obturar de empalar também cu mais fácil de a gente salvar e travar no juízo final. Vou obturando pontos sujos das paredes com motorzinho, prenúncio de futura vocação e de que esse menino já mostra ao que veio. O Amplo Significante na soturnez de um grilo, eu obturando um grelo cárie no grelo imagine só o que foi criar O Amplo Significante, possibilidade de falta de pitoco possibilidade de desgrelamento ou obtura ou a cárie corrói tudo e te deixa desgrelada a turgescência em fantasma com um rombo pelo qual o filho sairá equivocado à procura instintiva do buraco alargável, as trombetas tocando.

Troco o meu nome que nunca vi pelo balão que vi no filme. Sou Camélia, mas poderia ser Tomé – a fé do tamanho sugerido pelo nome, o balão eu vi e só creio no que o olho ciclópico vê, que o olho ciclópico é minha pirâmide egípcia em formato de visão – coisas convergindo para o vértice dele. Ou talvez nesse nome, com fé e força para ironia, eu coubesse sem entremeio sem melindre sem necessidade de toque e costura entre mim e as coisas, como se eu tivesse de carregar as coisas rentes ao corpo como se o meu corpo fosse um imenso ímã, eu carregando mais e mais coisas, eu-redentora, porém eu cada vez mais pesada eu cada vez mais lenta eu cada vez menos raízes nodosas em suspensão, aquele receio de afundar até os joelhos no lamaçal. Sim, talvez o nome se adeque para disfarce, camuflagem em tempo integral, meu corpo uma superfície inteira escondida.

Furei uma parede até invadir o cômodo vizinho, não consigo sobrepujar as latências – como um desenhista que adia o término de sua obra com adornos até que a ideia inicial seja aniquilada. As trombetas tocando. Tenho descoberto um gosto por incursões; talvez eu seja não ou não só um dentista de paredes, mas um ou também um invasor.

Desde pequena sou dada a deglutição: caroços de pinha tufos de cabelo minhas dores rabos de lagartixa – para que tremeliquem por dentro – escamas de peixes descosturas das roupas cascas de abacaxi choros nós de catarro.

Invasor. Esta sensação de ser múltiplo e atribuir a mim apenas um esta sensação de que o que não sou eu é bárbaro esta sensação de que a barbárie não me habita de que a barbárie é antes de tudo a benevolência alheia esta sensação de levemente ver barbárie em mim de fingir que não vi de fingir que é um câncer ou de fingir que é uma doença que eu preciso desconhecer para então contrair a cura sendo que a única cura é a morte esta sensação de negar que vivo e conceber o outro como bárbaro em gratuidade esta sensação de negar que vivo para negar também que morrerei e que estou aqui no agora esta sensação de me desejar inteiro romano de me querer inteiro dono do vasto império esta sensação de querer nadar no rio Reno até que ele seque de falar feito quem testemunha de querer furar uma parede infinita esta sensação de furar uma parede por toda a eternidade esta sensação de que esse é o inferno de Dante que me espera que este é o inferno de Dante exclusivo para os perdidos furar a parede para sempre sem que nunca se chegue ao outro lado invasão inconclusa deve ter pensado Dante esta sensação de que esse inferno no entanto já me abriga perdido livre de vileza porque romano me fiz mas de pecados porque perdido e já talvez morto de que esse é o inferno ao qual me subjugo com as trombetas tocando.

Engolidora de fogo, de chamas cada vez mais sinuosas – que assim eu sou porque me adivinho ascensionária, subo com o fogo no corpo, possível homem terá a mim também como teste de resistência, porque a ardência é minha única possibilidade passível de oblação. Com este fogo vou esticar o minuto feito quem cria o instante seguinte. Nele caberá:

1. tudo das sapiências
2. o inferno de Damiões
3. o colidir de minhas pernas
4. desequilíbrio de meu corpo
5. minha queda coxa
6. pedras sobre constelações,

daqui desta mesa dedo rodando gelinho no uísque. O minuto será ultravida, o minuto conhecerá dor longínqua e no entanto não terá duração superior ao minuto remoto, ao minuto de quem determinou que um minuto seria sessenta segundos, de quem decompôs significados como se organizasse bonecas russas, de quem decompõe para experimento de entendimento. Só que esse minuto, o recém-inventado, é de léguas e eu o conheço desde meu primeiro tempo nas beiras das estradas esperando, e de agora em diante esse é o único minuto que existe e a eternidade o que é se não as sobras de um tempo oculto determinado por quem? Imersa no além-túmulo cuspirei e engolirei fogo e esse fogo será a reunião de todos os fogos já produzidos, aquele fogaréu se formando no interior da palavra mim no interior do meu nome flor que nunca vi nem em foto nem em sonho no interior de qualquer palavra que me atestasse por tudo-tudo dentro deste minuto único que existe.

Evocarei, então, a minha ancestralidade dragão, serei a evocação da mitologia das civilizações neste minuto, reunião de mundo em ínsula, eu uma insulazinha que um homem médio adivinha parca porque sendo homem médio pensa nas medidas, o poder de síntese e significação e abrangência não lhe passa pela cabeça, não lhe passa por canto nenhum que não seja sua cabeça mediana baixa, porquanto ele mesmo não sabe aquilos que conhece, não sabe aquilos que conhece que não caiba em uma régua.

Eu, reptiliana e pirófaga, e o herói épico me pega por trás e rastejamos por toda a antiguidade, menos de meio minuto, rastejamos assim: eu interiorizando aquele pau não digo grande não digo grosso digo épico, a cara meditada zen-budista, o olho de vidro com preguiça de rodar, remoçando. Rastejamos por toda a antiguidade neste minuto, eu vejo a cara de Homero, a minha cara meditada se torna incognoscível em um processo lentíssimo não para o tempo absoluto mas para a minha percepção acerca do seu escorrer, a minha cara assimilando todo o desconhecimento das caras das gentes atravessadas por séculos de história questionável, minha cara se tornando uma ínsula localizada em local incógnito, uma enorme massa encardida similar às paredes de ruínas.

(Escrevo no verso de postais de Angkor: perscruto tua cara, essa desconhecida que no entanto desejo de forma ardilosa entre minhas pernas dentro de minha cabeça e de meus ossos, a tua cara-cataplasma, a que me mostra de que matéria é feita minha cegueira, minha cegueira de esporro jorrado nos olhos, a tua caragozo que me lembra como eu olhava aquela máscara no teu rosto durante muito tempo até esquecer cada uma das tuas feições de modo que eu ria incontrolada de modo que eu ria por acreditar que o teu rosto era, sim, aquele que a máscara inscrevia em ti, uns misturados, aquela transmutação que eu avistava sem esforço como se fosse outro o homem enrabando. A tua cara minha crença consequência de meu gosto por facilidades, gosto por desargumentações precisas, é nela que penso noite adentro para que preenchas os escuros de meu corpo para que preenchas o oco das minhas redondezas, penso na tua cara pedra rara que eu aperto contra o peito sob a suspeita de uma riqueza remota e inalcançável a mim, mulher repleta de penúrias. Pego a tua cara nas palmas das mãos e sussurro teu esporro meu colostro de longa data, sou pequena e poderia ser gestada mesmo hoje mas não pedirei gesta-me um pouco, servirei de abrigo, de repente umas inundações e cuspo em ti a minha medonha fome, retalho as tuas costas e rasgo a tua cara imensa ferida deitada sobre o antigo cataplasma que me curava de cegueira e úlcera, a tua cara verte espaço para curas concomitantes ao meu prazer de contemplar regenerações. A tua cara e as tuas costas eu urdo uma na outra para lençol e me cubro. Ardências cíclicas.)

Os bichos marinhos invadem comigo, invado junto de belezas escondidas desses bichos provenientes de regiões mais fundas do que jamais poderei adivinhar ou furar um dia: aprendo com eles adaptação ao escuro, a ter olhos salinos sem ardências, a ter olhos salinos sem que constantemente chore. Desejo de ser as paredes que têm ouvidos, de sorver inteira a única coisa que um homem acredita ter de si para si mesmo e de si para o outro, desejo de trucidar o homem com a sua repentina falta de intimidade em minhas mãos, de cuspir-lhe na cara a sua falta de sossego e de segredos, de surpreendê-lo em sua eterna condição de bárbaro de outro de descontinuidade e intermitência de mim, planejo então uma invasão a todos os cômodos que fazem vizinhança comigo, planejo daqui a puta com a cabeça do meu pau na boca, mas antes terei de matá-la – um rombo de furadeira na barriga para aliviar estes aparentes gases que a barriga inflada dela me atesta quando olho para o espelho na parede. Invasão pode ser libertação. As trombetas tocando.

Que fazer disto de ser ruína depois de tanto fogo, vocação gasta cedendo lugar à aridez? As pessoas me olham e são vestígios o que veem, encalços que levam a algum lugar – qual? Destroços de Angkor? Que esplendor o de ser vestígio-miríade, não ter uma rua e um número e um bairro ao qual pertencer, Angkor Wat é o nome que basta e que vem primeiro, nomeia a mim fazendo de Camélia o ausente sobrenome de um pai esquivo, torna-me expoente, uma estrutura de significados implícitos de tempo morto impassível de verdadeiro resgate, lembrança inexistente entre os viventes, somente de histórias em vozes repetidas em vozes e letras relutantes contra o esquecimento, contra a espessura dos séculos, eu um eco, depois local para visitação, as invasões eclipsadas na minha cara, escritas já em um idioma que o momento presente desconhece e que apreende somente como beleza, atestado de vulnerabilidade, eu que grito uma preservação sem que saibam o que de fato necessita ser preservado, eu um monumento aprazível e aprendido das listas, desaprendido da superstição de listar até o número da perfeição quando dentro do único minuto vi que ela é arremedo de uma mentira antiga como o desenho do rosto de um Cristo de olhos azuis.

Ela pega a minha trombeta rombuda e toca: prenúncio de final dos tempos. O meu rombudo dentro dela, prenhez instantânea, uma ninhada de cachorros estufando aquela barriga moreninha, só seriam esses meus filhotes com a cadela, depois o rombudo na boca dela, eu perguntando sabor de quê?, ela lacrimejante a meio caminho de ensaiar uma resposta, eu socando e socando o rombudo sob o desejo de arrombar-lhe a boca a cara inteira, invasão começa no micro, eu socando e perguntando de novo, na voz um tom ameaçador e santo de homem prestes a detonar a bomba, socando e perguntando e socando e perguntando de novo, as lágrimas descendo em quatro no rombudo, o nariz gotejando sobre o rombudo, uma breve recordação de quando sou invadido por Nessun dorma e choro assim também só que as lágrimas em quatro no rombudo de ninguém, eu perguntando e socando, ela para a minha surpresa murmura um de anis quase incompreensível pergunto novamente a fim de retardar o tempo para socar e socar e perguntar e socar, ela diz de anis de anis de anis de anis, o rombudo um alicerce contra mau hálito, o rombudo auxiliando na digestão lenta por dentro daquela barriga dilatada, daquela barriga-ninhada para que da cabeça do rombudo saia então o veneno que paralisa e perpetua os bichos todos lá dentro daquela barriga dispepsia, peidos retidos como se fossem uma resposta ainda não ensaiada, daquela barriga logo menos se assemelhando a uma peneira.

Daqui de meu corpo Angkor rodo agora o olho, tranquila penso a mim como *ex nihilo nihil fit*, chegando-me mais ao nome Tomé, vestindo o nome como a uma capa de chuva de sol de tempo morno e madrugadas, afasto-me do *creatio ex nihilo* que vi li fui um dia? Aceito a mim construções do Camboja, meu glamour a mim um pouco decadente, coisa erguida mais velha e contemplada da cidade, uma ereção eterna de esporro nunca, incessante movimento, nada de esporro, nadinha, só a coisa erguida agora servindo graça, só o olho rodando arrebatado pela minha ausência de fé pela minha cegueira optada por mim sem que a mim pedisse licença e opinião. Não consigo levar jeito com minhas inerências. Neste momento, uma preciosidade: não deixo que o olho pare com a íris voltada para dentro, olho-espelho, porque não quero olhar para mim. Quero júbilos.

Gozo na cara da cadela, seguro o seu focinho menos para contemplar a gala descendo, mais para demarcar meu espaço de opressor. Anis da minha pica era prenúncio do sabor da minha porra? Sabor de quê a broca rodando a poucos centímetros da tua cara? Sabor de quê furar inteira a tua barriga? As trombetas tocando em barulho de furadeira, as trombetas tocando e arrebentando a barriga inteira. A barriga parecendo uma mochila aberta.

Existe uma palavra na qual minha existência cabe, existe uma palavra que é o caixão das minhas vivências, existem mais de duas formas de eu dizer quase a mesma coisa, clara e exata, para que ela soe cada vez mais clara e exata, embora vista através do prisma. A palavra: infinitesimal, minhas gigantezas ao contrário, ruinosas, o modo como o universo me acolhe matematicamente. Estou aqui pela soma de infimidades. Essa soma é o que nós atribuímos ao divino. Não há divisibilidade do durante e do depois, o término nem se anuncia nem assusta nem é perceptível a ninguém. Anoto:

1. a ausência irrefreável me desocupa e o indetermi-
   nado me possibilita
2. eu sou um desocupamento
3. talvez eu seja tempinho após 4'33"
4. talvez John Cage tenha sido um pouco feito Deus
5. uma mudez incompleta me visita
6. falo sem a possibilidade absurda do grito

Uma invasão poderia ser uma saudade muda desenhando o transbordar do Atlântico do peito para dentro,
penso. Ou poderia ser vida felpuda, um pentelho atravessado na garganta. Ou poderia ser também um verso que eu
guardo na cabeça dizendo que invasão é uma previsão do
tempo anunciada pelo próprio pensamento. Devoto beijo
à barriga esburacada, porque é dela que provêm o verso e
o verbo se fazendo carne.

Vez em quando retorno ao poço com alambique lá no
de dentro, no escuro, livre de qualquer suspeita para que até
eu, só por não vê-lo, esqueça que ele exista. Esse é o segredo
que divido com O Amplo Significante, somente porque
Dele não tenho como esconder nada. Tivesse e esconderia.
Esconderia por exemplo que sou uma mulher cujos dons
são alquímicos, embora eu não troque o meu alambique por
elixires e pedras que garantam vidas maiores em extensão.
Me interessa destilar a vida deste minuto, não sabe? Não
prolongá-la nem muito menos curá-la em nome de uma
suposta importância do perdão. Talvez eu queira tudo até
a última gota e talvez seja essa a minha única forma de
tolerância. Anseio pela última gota também, puríssima e
cheia da possibilidade de cair sobre mim sob o meu menor
sinal de comando, porque a quero ainda que a última gota

seja a de minha enfermidade. E a minha enfermidade, que resguarda ramificações, é aguardente vínica. Dela provém.

Continuo de meios caminhos andados, o meu feito foi somente alargar umbigo da barriga moreninha, cavei mais fundo a cova também, aceleração de um processo, alargo e afundo para não pegar de desvios não sabe puta, sim, vitória-régia é mesmo o que define teu flutuamento sobre a cama, os pesos tu suportas, sim, meus encostares de cabeça, talvez algo exista aí dentro do torto talvez aí dentro exista algo torto que saia nodoso é mesmo isso do nodoso, mainha dizia Damiões esta não é música de ignorantoso gruda aí quem sabe num axé esta tua cara de quem come insosso gruda aí esta tua cara de brega no brega que de repente nem se sabe onde é que termina um e começa outro, a ninharia pareceria toda uma só com a língua pingando e o rabo abanando e a sarna coçando, sem isso aí de homem gordo com trejeito sadio de quem comeu reforçado que tu não tem essa sustância, algo fica descombinado tu e essa música e essa carona rosada do moço neste vídeo, o peito inflado e a roupa pomposa do moço sustante e sofrido a ponto de um desmaio, tu fica aí com esse moço papa-coxa-de-frango depois os teus desesperos ai mainha não sei o quê uns muxoxos de menino sunguelo pelos cantos da casa mainha eu não sei, não sabe de quê? uma agonia medonha sacolejando tu e que agonia é mesmo essa hein?

Licorosa revisito o lugar ainda na memória o alambique, aqui no parque um homem me olha sentada, busco os aléns dos balões como se viesse para conhecer os trajetos das impermanências que as crianças distraídas soltam pelos ares. Soltar é devolver à coisa sua condição, anoto.

Engraçado como no bar a minha existência só estava sob suspeitas minhas e do garçom que, por causa do seu ofício,

fingia a minha existência comigo. Agora o homem não-
-pago para me olhar me olha com expressão perscrutadora,
não ouso sorrir porque não ouso nada do corpo, nem um
movimento mínimo que enuncie uma forma de pagamento
ou de gratidão silenciosa, estou de costas para os gracejos,
analiso o rosto do homem como se o meu olhar de cara vazia,
contendo o olho para que ele não rode uma vez sequer, fosse
a minha única capacidade e noto conjunturas com o rosto
de Homero – as sobrancelhas se unem e findam exatamente
nos mesmos lugares, os moldes são iguais para o universo
porque são iguais para mim de modo que, se existe alguma
diferença entre eles, se trata de uma diferença imperceptível
para a única conhecedora daquela cara daquele jeito. Sou
o universo da cara. Olho e olho o homem em resposta de
coisa perscrutada, minha resposta uma tentativa de saber se é
Homero quem me olha para que eu olhe de volta apreenden-
do na sua fisionomia um enigma. Olho a ponto de tracejar
na sua expressão perscrutação diante do conhecido ou de
apenas perceber a sua perscrutação diante do conhecido, não
sei se tracejo ou se constato, estou no entre mas não entrego
na minha cara que não sei, não entrego nada, tenho cara de
ostra bem lacrada. Mas no dentro silencioso pergunto se o
homem já me conhece.

Preciso dizer que povos me habitam e me fazem, os
nômades invasores e o próprio território que eles não car-
regam debaixo dos pés? Sou gentes e sou percorrível. Era
essa a angústia, era esse quem sabe o peso da música me
fazendo lembrar embora eu não soubesse de quê, só soubesse que lembrava e que aquela música era a música dos
homens de boa memória e soubesse que, veja bem, a minha
memória comia com farinha, misturava com água, criava o
grosso cimentado ainda assim inconsistente, a minha me-

mória pertencia mesmo à esfera das músicas que mainha dizia elas combinam certinho com a tua cara, mas isso eu teimava e me negava e fingiria lembrar aquilo que me lembrava se preciso fosse, porque já naquela época eu era exumado ousado, povos e dentre os povos eu era também huno. Damiões huno.

Um homem que lida com brocas, que conserta televisores aparelhos de som máquinas de lavar pés de cadeira, fixa estantes, fura parede com a cabeça lá nos dentes, ser dentista para quê quando se tem paredes mil, consertador de coisas que têm conserto e rebuliçoso das coisas que não têm, troca uma peça aí desta angústia esta música uma peça aí de Camélia pensando o encarador umas peças aí das trombetas tocando.

3

Talvez seja mesmo ele, estivemos dentro do minuto. Estive? Daqui do banco, sentada, olho o alvo e se o olho rodável titubeia arranco-o, o dardo precisa ser empunhado firme, é preferível arrancar o braço a perna o olho do que ser inteiro em pecado, te lembras? O todo não salva a parte podre mas a parte podre põe a perder o todo, a propensão do algo à podridão talvez demonstre que esse é o lado da balança para o qual o algo pendeu desde sua criação. É preferível chegar ao paraíso com um olho só e apreender o paraíso por único orifício: quanto esforço e quanto domínio ralo das visões. Nem meu olho nem qualquer parte de meu corpo me sabotará de ser antes impassível do que santa, cerceamento é perigo posto por mim, tenho cutelo escondido sob a saia e se preciso for ficarei sem um olho e a alma intacta me lembrará que

1.   a alma não é esquartejável,

é justamente agora que poderia listar inalcançáveis, dois
perguntaria como repartir as inexistências? Outro como
repartir o que só existe inteiro aqui e na próxima? Quatro
se a alma é mesmo indivisível existindo ou não? Cinco, há
esperança possível para se alcançar o aniquilamento total?
E sexto e sétimo e oitavo em ordem de importância, mas
estou fixada somente na semelhança estabelecida entre a cara
do homem e a cara do Homero que vi e meu instante atual
existe em nome disso, há muito tempo eu olhei Damiões
fixar prateleiras na sala, aqueles músculos de homem suado
erguendo-se, esse homem não está aí para paredes não está
aí para consertos, esse homem está aí é para levantar os
braços suados desse jeito, precisaria nem de uma cara um
corpo todo porque só os braços levantados bastariam puros
e simples em completude. E ser esses braços seria superior
a ter esses braços ou ter qualquer outra coisa neste mundo.

Damiões de costas e eu ainda não sabia o seu nome, o
cara dos consertos do condomínio ele tinha sido rebatizado
por ali, eu perguntei qual teu nome, ele respondeu Damiões
e eu questionei no plural mesmo como é ser mais de um e eu
perguntei também se com esse nome ele se sentia afastado
de si ou fortificado por ser a reunião de muitos ou se a louca
era eu por eu ser coisa vista nunca antes por mim e eu me
questionava se ele veria os dele, ele se virou com os dois olhos
derramados na minha cara, enxugou a testa e disse vim no sol,
não é esse serviço pouco que me deixa assim, é ter vindo no
sol e é eu suar com facilidade, a senhora viu quando entrei
por esta porta não viu, pingando já, esta quentura comigo
não brinca e se chega com força, vários sim, só que não
vários de mim mas vários de outros, e eu sorri feito quem

sente dor e mostra a sua familiaridade e tranquilidade com a dor apesar de, aquele sorriso sem mostrar os dentes, porque ele era outros e eu era nome de coisa vista nunca por mim e os nossos nomes talvez nos distanciassem e distanciem daquilo que nós éramos e somos, mas eu estou tranquila, tenho de estar tranquila mesmo que sob imposição, um braço quebrado também precisa ser contido, se não quebra por inteiro e se perde pelo caminho regenera, talvez a angústia seja a mesma para as pessoas todas porque as etimologias os plurais e a raiz da nossa desinformação ficam lá escondidas e nas escondidas residem os desígnios que às vezes não se cumprem nunca – um Ananias que tem por Deus o maior dos tiranos.

Eu precisava de mais espaço para os livros, o quarto já não bastava, não bastava o escritório de paredes e caixas empilhadas pelo chão nem a estante já existente na sala, moça afasta um pouquinho por favor, Damiões suado, a fardinha azul-marinho mais pega-bode do que nunca porque ele era um homem constante de grandezas gotejando ali na minha sala, nas costas o slogan da empresa branco falhado nas bordas, lembrei então do maior cajueiro do mundo, da anomalia genética querendo crescer sem ter para onde, fazendo de crescer uma ameaça de entupimento das ruas, pessoas fora de rota, ele ali na minha sala despropositado e tantos sob a ameaça de expansão superior a que o cômodo e eu tolerávamos, senti dó – não sei se dele ou se de mim diante de sua incontinência, perguntei se ele queria água, moça por favor afasta aí que eu também quero sentar um pouco, bem gelada e ele disse eu aceito muito obrigado, enxugando a testa com as costas da mão, depois disse então a senhora acha que eu sou uma compilação?, moça com licença assim você toma o espaço do banco inteiro e esse é o único banco com só uma pessoa sentada, e eu não sabia, disse a ele que não sabia responder apesar dos livros que ele mesmo já havia me perguntado para que tantos, essa era a minha segunda vez sem ter resposta para dar a Damiões e eu respondia assim mesmo esquecida de que o silêncio seria menos contraditório, logo mais não seria segredo de que nada eu sabia apesar dos livros que ele mesmo já havia me perguntado para que tantos, só mais um pouco e ele poderia constatar algo a meu respeito, pose-de-cu-de-ferro era meio do caminho da apuração do fato, moça você está dificultando as coisas moça por favor me diga você acha que é a única que tem direito a sentar neste banco?, eu diligente aguardava o momento em que seria descoberta por ele e sorriria sem graça, moça eu vou ter de desenhar em quantos papéis até você entender que é para colocar a bolsa no colo descer as pernas daí e afastar só um pouquinho para eu poder sentar nesta porra de banco?, pega em flagrante sendo e atuada por aquele homem que talvez nem acertasse a pronúncia de meu nome completo, moça você só não se deita porque não tem espaço mas só sentar sem ficar com essas pernas esparramadas você não quer né?, o erro justificando que eu não precisava ser chamada pelo nome para saber que era eu, eu sabia era pela quantidade de manteiga na voz e se não fosse comigo eu iria assim mesmo porque nem pleiteava nem ignorava a meia-volta, ia em uma daqueles arrebatamentos de desenho animado em que o personagem salivante segue o rastro do cheiro de pão doce ou torta de frango ou de pão quente na padaria. Moça você por acaso acha que está no sofá da sua casa?

O homem permanece irredutível, vejo o seu rosto feito escuto a virulência do farfalhar das folhas – as pequenezas se insinuando, mas se é tempo de tempestades não preciso ser atenta para apreender os sinais, eles chegam brutos até mim e eu sacudo por estar à mercê do desencadeamento. A vida desembocou no aqui no agora nas sobrancelhas enoveladas dele e no rosto simples dele, não sei como cheguei aqui, digo em voz alta sob a certeza de que ele me ouve, o rosto simples dele embora grave pela junção dos pelos me acena um caminho, existe um atual enigma que substitui o rosto bastante especulado dele: não há qualquer enigma entre nós e embora nos enxerguemos em verdade, pouco posso articular audíveis para ele. Tudo está posto em campo, tudo entre nós está evidente. Está evidente, por exemplo, que essa cara é a cara de Homero um só homem se essa não for a cara de Homero reunião de homens e suas histórias conforme decidiu parte da humanidade ao atribuir a ele inesgotáveis camadas.

Ambos somos do chão. Nosso verbo é ruir, ele por ter uma cara-enigma uma cara-incerteza, eu por ter um nome que nunca vi, por ter um nome e não saber como chamar a mim de modo que eu perceba que fui chamada. Preciso de um nome que seja como o farfalhar das folhas, um nome semelhante à cara, quem sabe, plural dele?

O tempo estertorando, dentro de Damiões os plurais se desfazendo resfolegando, estou mudo de ataques, esvaziei-me, que mulher louca eu pensava e de repente nada sabia com ela, liquens entre nós, dividimos o quê, Damiões fruto de contágios mais fácil do que choramingante? Agora só a secura, aquela rudeza à qual a terra pertencia, amanheceres empapados de ossos, o pasto vomitava mornos, as trombetas tocavam mas era preciso ouvir outros chamamentos, levantava-se da tumba farejado pelos afazeres, o fim teria de esperar, a música do Amplo Significante nesse tempo não fazia sombras e Damiões ficava ao sol, corpo de estios seguia bamboleante, Damiões grasnava, adquiria trejeitos de fera para espantar a natureza esmorecida de sua cara pamonha tanta com aquele cabeçote raso no imo, ranhuras lá dentro e alguns pedaços de chita, seria o Amplo Significante o Amplo Aguardador? Damiões arremessado sobre as cadências, bamboleava mais um pouco, sucedo um fato e antecipo homens trazendo-os de volta também. Sucedo quantos? Sirvo para arauto, proclamações com as minhas vozes ecoosas, formo exércitos com o desconhecido, respiros das mãos respingam sobre ele, alio-me aos incógnitos, nada do que conheço me gera e comporta, eu arauto e salino de absorções molhadas, porífero talhado pelo Amplo Significante, eu trafegava pela sala dela e ela me olhava repousada sobre mim e esquecida, ela me oferecia a tarefa de despertá-la e eu fingia que dormia, que éramos idênticos, ela dizia portas você conserta portas? Esta a gente precisa forçar para cima para conseguir passar a chave.

Eu aguilhoava as levezas do lugar, tão menino, voz fina era o que eu sabia quando sem disfarces. E provocava, sonoro vez em quando confundido pelas ruelas com uma ou outra miúda, o dedo-graveto em riste futucava coisas para verter os sumos, e eu mentia, contava tantas mentiras que até o peso na consciência por ser um mentiroso eu mentia. Inquietude vinha do meu querer ocupar outros espaços, de querer fumar forte cachimbos charutos cigarros enquanto acenava tchaus nuns espios com tatuagem de marinheira semi-nua no braço, mas por ali fui ficando, dicionário nas encostas, a voz logo desafinava nas graçolas, três pentelhos na cara eu chamava bigode, a vida me pegava para os reparos e eu reparava e acenava curtos na ausência de lombadas suficientes para esquecer alguma feição vista há muito. Aninhos depois incontinha-me de músicas, sozinho em casa rebobinava e dava play inúmeras vezes no cantor gordo, alternava entre sua voz untuosa e pornochanchadas que me encharcavam as cuequinhas rotas de elásticos folgados. As caras das pessoas todas muito bem decoradas dentro da minha cabeça enorme desejo de amnésia.

Ao ser de Damiões eu respondo desafiada, os dedos longos de menina tomada para piano, já aquela sainha não me atestava mas me acusava olhos de cão crescido, na boca um seco de quem de tanta beleza que era a identificação sabe que dali em diante só caberia desafiar a si mesma, convocações de si até que não sobre sequer um fio de sede ou de presença dele varrido do mapa há anos que se confundiam com milênios diante da minha existência magra, precisava transpor as minhas próprias águas, calamos e foi sem agressão o silêncio só uma insinuação do que eu era, ficamos assim calados até que de súbito falei pouquinho sobre móbiles ou telhas ou cômodas ou porta ruim de passar a chave eu não me lembro bem e na resposta dele eu buscava os te percebo, os te vejo no aí calada sem sequer montar vigília, os estou vendo agora o que já suspeitava desde antes, gente rude há de perceber melhor nas quietudes e era palavroso o meu destino aos vômitos, tentava extraviar meu futuro me recém iniciando de silêncios, via neles um possível modo meu que me desatasse, e não era como se minha voz soasse porque era antes como se sibilasse tu recrias em mim um ser indivíduo que naturalmente procura e não encontra, se abre na parede um mundo de recolhimentos e escorraçados, ele diz esse problema de umidade é sério e impermeabilizante só mascara o problema a solução é derrubar e construir tudo de novo, tantos motivos para explicar de cada coisa à sua maneira, há um latejar lá fora na cidade erguendo-se, escuto as pás entrarem pelos cimentos frescos, o concreto impele às coisas seu significado enquanto possuo uns sustos quando teu rosto se ocupa de transmutações, te olho e te transformas em outro e depois outro e outros, uns que nem conheço, outros que vi e não me lembro o nome, lembro que as coisas não necessitam da minha aprovação para serem coisas nem para deixar de sê-las, me preocupa andar tão esquecida dessas e de outras obviedades, na cara dele desconhecidos em forma de lembrete, mais um pouco e grudo essa cara na geladeira mais nada e sinto ideias de correr mas sei que não há destino que a mim se achegue e então não corro porque não tenho linhas de chegada por finalidade, efetivo é nada, os de fora eu só escuto a arruaça e os de dentro ajo do mesmo modo.

4

Com voz de barítono, existem fardas de ser? E são azuis, listradinhas, uma perna mais curta, as duas pernas de abanhados mal feitos? E quantas tive de vestir até o dia em que me fui embora de mesuras, disse mainha me desculpe mas eu dei para galo sacudindo as asas em outros terreiros, ataraxia nenhuma por aqui, mas estava a um pé de quando sair não é uma promessa nem remediação, passou a ser apenas uma opção mudar-se, quem sabe uma sina, fui indo de indeza como se embalado por ondas, mudar-se sem mudar-me de modo perceptível a mim, multidão carnavalesca quem sabe no embolado da ladeira, e pensava matar eu não mato eu só faço os furos, essa ataraxia se não respira não sossega, dou a ela uns respiros, eu já mais narigudo do que há anos quando o pau ainda não minguava, só isso percebo porque desci na patente de ser homem, preciso de achegos e os tenho porque sinto saudades, o pinto o pau a piroca o grossudo o ralhete o bregalho a caceta a toda digna de chegar batendo na mesa gritando meu nome, ciscadas no areal da vizinha quando eu menino prometia, tantas fardinhas me passeiam agora pela lembrança, tantas com remendos de mãe, sem um logo que me diluísse homens, depois a vida quando dizia era nem a bucetinha desenhada neste livro a gente arranca e come quem dirá um pedaço de frango com arroz e feijão num prato, a porra foi ficando rala, os logos antecediam os logos, os logos a minha única resposta e pergunta, movimento repetitivo nas verbalizações, a minha única resposta e pergunta truncava, eu confundia as entonações e coçava a cabeça e dava uns muxoxos de palavra dentro do homem diluído que ela habitava, uns voejos. Não sabia que o meu devir fazia sombra e segredo.

O olho lateja, Homero em formato de lembrança, a palavra outra vez através do prisma, infinitesimal permaneço onde o nome determina a coisa e se não determina brinca com ela, a brincadeira aos poucos perdendo a graça, meio repetida e gasta, tornando-se um inconveniente, embrutecido cansaço, ralha com a brincadeira, ralho, não era passar a vida nesta sensação de piada pronta, uma falta infecta, não poderia ser isso, daqui sentada nesta mesa eu poderia foder com o garçom sem rastejo por antiguidade, sem coxeio também, só de quatro e o garçom bombando, poderia foder enquanto bebo uísque e o garçom bombando, ou conhaque e ele bombando, quatro gotas acidentais no tapete eu abaixo e lambo e o garçom bombando, olhado no escuro é Jesus vingado aos cinquenta, chamo de Senhor, o alambique eu falei ao Senhor do alambique?, afasta mais esta perna aqui, isso, assim huum, e o alambique meu Senhor? de repente o poço, eu falei do poço?, esquisita desse jeito com esse olho e essa perna quem diria que tem uma xotinha tão apertadinha huum, apertada Senhor não é ela é essa sua caceta de Gulliver que se aperta nas fendas amém e o alambique e o poço meu segredo que, huum, perguntas que nem a literatura universal, nem um dos pelo chão nas caixas nem um das prateleiras, nome de flor que nunca vi me nomeia, se vejo espicaço com faca, e se for isso mesmo da piada e da falta Senhor, como essa soma das horas e dos dias pode resultar numa vida inteira?, esquisita desse jeito e com essa bunda de surpresa huum, que se for as pernetas das ciências humanas num pega-varetas nos corredores das ciências humanas as gentes e suas construções levantadas sobre sacadinhas de fundo científico relativizante, os críticos da liquidez liquidez é uma palavra bem contemporânea procede Senhor? versus os críticos da anti-liquidez relativizando esta caceta aqui, cadê? alguém me pergunta Hoje sai um poeminha social? o Amplo Significante na invenção da roda cria a coisa e nada de nome, em termos relativos de repente imagine se a roda tivesse vindo antes do cu, alguém chamava cu antes de chamar roda e a roda de hoje seria o cu desde antigamente, liquidez anti-liquidez e a negação da negação a negação da afirmação a negação do ponto e vírgula, Hoje sai um poeminha social?, liquidez e anti-liquidez estão todos liquidados e daqui desta mesa está dada a largada, ganha quem mais veloz abrir o cu rutilante pro gigantusco de Gulliver mijar dentro.

Liquidez anti-liquidez e o dicionário nas mãos era o meu incumbir-se, por trás da cordialidade o teu riso seco e nas minhas mãos eu e minhas buscas, as dentinas em brasa e descoberta, sustento a mim incumbida de mundo, na boca o desenho de uma falta de riso, prefiro ficar aqui porque deixo ir melhor aquilo que não vejo ir, uns respiros para acoroçoar os inchaços debaixo da garganta, Homero quando a tua ida inscrevia em mim todos os retornos eu Camélia-de-Ouroboros de garganta vazia dos redores de ti pensava do suspiro um manso que dormita, não sei do teu rosto rijeza, adormeço alimentando-me, cantas meu nome ou na pronúncia o tom analógico de quem vê do nome também a sua seiva? Te sabes, te apercebes de meus arredores, tua mão quando toca abre um caminho, na minha garganta um conviver de ausências indissociáveis: peixe e mudez. Liquidez anti-liquidez e o dicionário nas mãos, eu disse retornos, eu disse que te sabes porque só a ti te escutas dentro depois fora, só a ti escolhes os ecoados, de tua mão sobre a minha garganta cheia é que se abre o silêncio das marés, tua mão salina em meus inarticulados do agora, Ouroboros em nossas pernas dadas nó, eu disse deixo ir melhor aquilo que não vejo ir, vejo porque o rosto de Homero existe em reconstituição minha, a minha lembrança risca nele o seu egresso, na garganta o oco da maré sem uma lua que lhe dê sentido, lembrança faz da partida dez anos de regresso, invenção do poeta inventou-lhe a velocidade dos passos, terceira perna, esta de Ulisses, é a que lhe guia. Homero de anos e anos questionado nas salas e nos corredores das ciências humanas espraia-se no tempo. E não me deixa quando vai embora.

Tantas vezes as fardas foram curtas que me agigantei, tudo pequenice de uma vez porque não existe já criados em que eu caiba, costuras feitas sob encomenda para mim, em minha boca outra língua moldando esquisitices sobre crescimentos, os golpes de antes dentro medindo o tamanho dos golpes de agora, bem acomodados todos na giganteza de meu corpo, golpes de gigante eu não quero não, eu imagino não como seja a força do sacolejo, crio essa proporcionalidade entre corpo e golpes de dentro e a renego, invado o território das certezas, se posso criar o conserto de um pé de mesa posso criar um remendo de remanso, não pode asseveração passar impune da minha maldade nem pode minha maldade sentir raiva sem precipitação de águas – evoco Netuno, dou à coisa a dimensão apenas de sua forma, tempestade marinha criar uma norma pelo prazer de eu mesmo desviá-la.

Lembro da puta. A furadeira. Rodando. E o rosto dela. A morte me choca: fosse o nascimento uma morte e eu seria homem devidamente adaptado. Morrer me acelera a vida, impõe ritmo sob os pulsares involuntários de meu corpo e faz existir nele uma cadência, um sentido repleto de sustos. O corpo de um homem debaixo de sacos pretos de lixo e penso no fim não anunciado, levíssimo porque de repente, levíssimo como o que o instante suspende machuca fere lança do outro lado da avenida para depois silêncio invio-lável. Uma multidão de curiosos que só um corpo morto atrai não viola esse silêncio, enlarguece-o. O corpo não faz sombra porque não se põe de pé, incapacita-se de ser uma sucessão que se ergue. Repete-se sem movimento. Impos-sível engrenagem. Não fossem os decompositores, o corpo seria uma cristalização profunda. Seca porque eterna. Dura. Explícita e opressora feito o rigor das palavras impressas na imagem de um ditador. Na sua fotografia. A puta. A fura-deira rodando. A morte me choca em sua vileza porque é um caminho impercorrível de tão fundo, uma rede de esgotos que desemboca em lugar nenhum era como eu entendia a morte e também o sono e tudo aquilo que se dava em mim de modo que eu passasse despercebido – posso chamar de morte tudo aquilo que me isenta, que aponta para a minha própria expulsão como forma de pedir passagem. E não é de minha natureza ceder, abrir caminhos. Eu paro e fico. Eu empaco. Eu não me distraio. E quero uma morte que me transponha, se é de querer alguma. Eu só aceito morrer se morrer for maior do que eu: eis o meu choque, os sustos organizados pelo meu corpo, guardados nas mãos, nas pernas, nos cotovelos, na minha cara distorcida pela infância que me transpunha como só a primeira morte seria capaz. Como só a morte antepassada é.

Me sinto cansada, esta é a minha ternura pelo mundo e por Homero meu amante, este amante que existe na medida que posso suportá-lo. Trata-se de um sentimento além de terno, solitário – com ele, me transformo em uma mãe órfã, dedico-me ao ofício já esquecido por mim em formato de graça cedida. Tenho pelo mundo carinhos que não lembro. Improviso tracejado pela superfície das coisas sob meu medo mais rigoroso de que talvez o mundo, ou pelo menos as coisas desta vida, exijam uma liberdade a tal ponto que me falte manejo. Vou, sucessiva, testando meu corpo de errâncias, com os livros não entendo sobretudo aquilo que não entenderia sozinha, me falta jeito para reconhecer e lidar com as minhas antiguidades, me esqueço de Angkor. Mas sinto ternura por ele-homem, dou a ele um carinho que me antecede e me sinto cansada, porque sei que há em mim rigores de palavras condensando, não posso nelas um descanso de queixo, precipita-me o que conheço, o que observo o funcionamento e ainda assim não apreendo como se cria e se lida com a coisa feita – só entendo ter por finalidade, da queda antes de ela sê-la e depois de meu total equilíbrio, fosse quadrúpede e teria um atalho de cair, a palavra Talvez vem recorrente à cabeça, evito-a para não me repetir. Sou tão pesada, não fosse isso e não escreveria uma única palavra. Todavia, escrevo não para tornar-me livre, mas para me fazer consciente de meu peso, para encará-lo como só encaro a mim mesma, percurso de uma queda que tem como destino ela própria. E há também o que sou e o que eu gostaria de me imaginar sendo, uma destas questões que preciso escrever por causa da solidão de não interessar a absolutamente ninguém.

Carinho se me fere eu recuo e é sempre. Às vezes preparo o bote. Não sei se é para parecer que eu exijo pouco de atenção e presença ou se porque eu sinto gastura, de querer agredir, de coisa mansa se repetindo miando mole. Mas eu tive uma namorada e disse a ela assim: eu fico perto de você de lembrar as razões de ter voltado. De desdobrar o meu nome feito quem espreme um limão maduro. Um dia eu vou querer outra mulher assim feito eu quero você, só que diferente porque ela não vai ter este teu dedo indicador deficiente para eu querer, nem estes teus pés segundo dedo maior que o primeiro para eu dar um beijo, nem vai chegar se roçando em mim como se fizesse por dentro a nossa casa, de um jeito que eu até me esqueço que quero ir embora. Nela eu vou querer outras coisas como o jeito dela cortando e tratando peixe, e eu vou querer com a força que eu quero agora – os invasores todos para mais dentro de mim, mas quando der essa época eu vou acreditar que essa força é única, que nem você foi desse jeito, que nem por sua causa eu desdobrei os meus muitos com a facilidade de quem espreme um limão maduro e faz ali um suco de limão doce. Por isso é bom que você decore. Eu decoro o que estou dizendo porque não queria perder de vista esta consciência que você me dá, mas talvez eu perca e ache lá que não era tudo aquilo o que eu pensei aqui. E nem aqui será mais lá nem aqui. Aqui vai virar segundo depois de você apagar cigarro no tronco de uma árvore, com fagulha correndo e parecendo um vaga-lume muito ligeiro. Com sorte, talvez eu fique e te acenda outro cigarro.

5

Amplo Significante em balé de Erik Satie que escuto nesta dança de seu nome, um nome que desenha nele um rosto invisível, não queria tantas perguntas, que o sacolejado das nomeações me atingisse a espinha gerando um oco de silenciosas presenças, conspirações redemoinhosas. Não é possível saber agora o que é ela e o que é ele, nem sequer é preciso saber distinguir as partes, era necessário antes conhecer os nomes por dentro feito quem os olha de fora para só aí ter a altivez do passo se desenhando em qualquer canto da sala. Seria assim: eu conheço e, porque conheço, dou permissão, porque conhecer é também isto – dar permissão para. Os livros calam o segredo de não desvendarem segredo algum, tautologia nas estantes, talvez ela não soubesse mas desconfiasse porque não tinha um desvendado por qualquer obra grandiosa para os corredores das ciências humanas, nem um desvendado por ele-Homero que até então apenas suscitava. Ele-Damiões não teria como saber de um livro que não parecesse uma invasão e, por isso, sabia verdadeiramente, seu conhecimento era águas de escuras – o que ele não sabia, descia sobre ele feito uma grande adivinhação. Adivinhava não saber a resposta do mistério da esfinge que não conhecia. Adivinhava ser a invasão o seu dom alquímico, porque não conhecia outra forma de estar no mundo que não fosse pisando forte e bem junto de qualquer chão.

EXERÇO AÍ MINHA LUXÚRIA: A DE SER ÍNTIMA

Guilherme Gontijo Flores

É possível pensar que, a cada nova obra que surge, a cada escritora e escritor que toma para si o delírio da linguagem como missão inacabável, toda uma tradição precisa ser reinventada, quer dizer, revista, retalhada, reformada e reinstanciada no momento mesmo em que o escrever se reencena. São muitos retornos na frase, mas esse gesto de colher a tradição, manipulá-la e depois lançá-la a um espaço, no limite, insondável, com todo o risco inerente a essa aventura, é condição inescapável para quem deseja algo que pulsa, arrisca e fere. Olhar as coisas por esse prisma é tentar terminar de dar cabo (talvez chutar cachorro morto, mas é sempre melhor conferir o cadáver) da ideia de escrita como irrupção genial *ex nihilo*: todo texto é intertexto (velho adágio, no mais das vezes mal usado), mas apenas porque toda vida é desdobrada, continuidade dotada de cortes, pulso arrítmico que interpela o passado com a face voltada a um futuro sempre inconfirmável. A nova escrita se erige no adubo do passado fervilhante no presente.

Parte disso é o que vemos, de modo radicalmente tensionado, neste *Inútil corroer o osso da tempestade* de Maria Luíza

Chacon, um livro que já se apresenta como incategorizável, pela sua pedra de estranheza e tripas soltas. Nas prateleiras, provavelmente cairá entre os contos, pela apresentação visual de prosa, pelos seus dez textos reunidos numa aparente promessa de homogeneidade; porém estamos aqui sempre além e aquém do gênero. Chacon, no entanto, ao experimentar sistematicamente, não cai como um meteoro inesperado, mas vai, pouco a pouco, explicitando uma constelação de nomes que atravessam os textos e abrem um caminho de ar livre em meio à pasteurização intensa que assola a prosa brasileira nas últimas décadas. Esses fármacos perigosos que a tradição lhe oferece são, para ficar em alguns nomes: a prosa experimental e viva de Osman Lins, com jogos ora cerebrais ora alucinantes que mesclam a arquitetura e o transbordamento; o frenesi floemático da Hilda Hilst, tanto na prosa experimental e convulsiva da primeira fase, quanto no desbunde erótico, perverso e sarcástico do fim da carreira; a crueldade de Nelson Rodrigues ao descrever sem papas na língua as contradições do desejo num país devorado de moral, de anseios paternais e mortificantes e de pura e simples culpa; o movimento existencial da escrita fluida de Clarice Lispector, com suas antitramas; ou mesmo o gosto pelo grotesco quase surrealista que encontramos em vários momentos da obra de Veronica Stigger. São nomes que eu mesmo levanto, de modo intuitivo, sem serem explicitamente evocados ao longo de cada um dos textos, a não ser Osman Lins na epígrafe que anuncia a violência do livro como um todo. Não são nomes, no entanto, que pairam como um peso insuportável da tradição; eles servem mais como trampolins onde Chacon pode pisar forte e se abrir ao abismo vertiginoso desses dez textos aqui reunidos; tanto é que sua linguagem tem um gosto peculiar, uma nota da origem em Natal, do prazer com o trato da fala, que não sai dali; assim como não herda os tiques dos predecessores, como costumam fazer os epígonos imprestáveis. Algo desse cruzamento de experimentação erudita-abstratizante e de pé fincado no próprio espaço aparece resumido no texto de "Tua mão quando toca abre um caminho", quando lemos o quase-adágio: "Só o que é rasteiro ambicionando nuvens me interessa." Esse eco de Oswald de Andrade no *Manifesto antropófago* ("Só me interessa o que não é meu"), desdobrado entre o telúrico e o celeste, é talvez uma ética que atravessa todo o livro, porque aprofunda o oxímoro da matéria putrefata em reformulação contínua.

Dessa forma, quando digo que os textos são experimentais, penso no radical mesmo da experimentação, um corpo que precisa se abrir a caminhos inesperados, que o põem em risco, por vezes muito concreto, quando chega aos limites do que quer ou pode expressar, e ali está a experiência. Nesse sentido, o livro que temos em mãos é o corpo desdobrado em muitos, atravessado de vozes que apresentam graus de indeterminação variados em sua consistência, a ponto de nos jogar numa série de vertigens afetivas enquanto os lemos. É o caso, por exemplo, do modo como a linguagem explode ao longo das experiências sexuais da menina Leide (Lady?, Leite?, Lei-de?) no texto homônimo, seja no chão do banheiro ou nos corpos de Cleiton ou do Policial Peixoto, num movimento que vai se tensionando em torno do mal-estar e do erotismo, em corpo convoluto que conclama quem lê a participar dos baques da linguagem, seja partilhando a imagem do sexo, seja abraçando a náusea que ali se instala.

Experimento, portanto, é algo que relança o corpo ao seu lugar de máquina que quebra, junta que nega o anseio lógico de controle, tubo de dejetos físicos, linguísticos e espirituais, se é que o espírito aqui se encontra sem alguma roupagem muito forte da carne. Por isso, talvez, os contos de Chacon não parem de apontar para as pontas do corpo: olhos, unhas, xibius etc., sempre atravessados de outros corpos ou potências do mundo, sempre de algum modo alheados dos sujeitos e dos espaços, mas paradoxalmente retornando como variantes do gozo e do desvario. O desejo não aceita endosso ou crítica; o desejo, minha gente, não é para amadores.

É algo que vemos, por exemplo, desde o primeiro conto (chamo aqui de contos, então, e que os contos se virem para se ver com isso), "Anasyrma", que desde o título designa, pela palavra grega, o gesto de levantar as vestes (saias, mantos, anáguas) e mostrar o sexo. Se hoje a ideia pode apontar apenas para o exibicionismo – ou mais especificamente para o mundo dos nudes nos contatos digitais – e o gosto por chocar tão caro às artes que ainda sonham em *épater les bourgeois*, cabe lembrar que a prática de *anasyrma* historicamente teve lugar em muitos ritos, sobretudo os de fertilidade da paisagem e dos seres, para assim recriar um mundo em que sexo e riso se unem num sagrado desbragado. Assim, enquanto Esmeraldina (essa personagem de pedra preciosa), levanta sua roupa e senta na cara do nasofálico anão sentindo-se um charco, numa quebra contínua de frases quase abruptas, poderíamos pensar na história grega de Iambe, que dá origem à poesia violenta dos iambos com suas gargalhadas. Conta o mito que Deméter, deusa da agricultura, estava tristíssima depois de perder a sua filha Perséfone, o que levou o mundo a uma espécie de colapso alimentar; ao vê-la assim, Iambe se aproximou fazendo algumas piadas e, por fim, conseguiu arrancar o riso da deusa ao levantar as vestes e mostrar a buceta. É *anasyrma* que relança o mundo na fartura dos alimentos, no gozo do corpo que atravessa boca e sexo.

Mas tudo isso é também a possibilidade de pensar a sexualidade para além do coito explícito, ou do coito como lugar único do sexo. E é muito presente nos contos, não só pela recorrência do corpo desejante que aqui lemos numa gama insólita de desejos, mas também pela constante parafilia desses corpos: Esmeraldina parece ter um interesse maior em sentar no nariz do anão do que no orgasmo como meta; já Leide, nome da personagem e do texto, parece interessadíssima na fricção clitoriana, porém o Policial Peixoto delira com tiros, revólveres e balas que movem sua ereção numa fusão de eros e tânatos; e assim por diante. Todo desejo aqui descrito parece ser também um traço perverso que anuncia os limites de uma descrição naturalista do corpo como missão biológica reprodutiva para logo estraçalhá-la.

Daí talvez venha a necessidade de a maioria dos contos apostarem numa profunda opacidade do sentido. Claro que podemos depreender personas e, na maioria dos casos, alguns dados narrativos típicos do conto; no entanto, por meio de saltos de pensamento (ora como um fluxo do falar verborrágico, ora como uma deriva do pensamento incontido, ora como aprofundamento lírico e satírico etc.) ou fusões inesperadas, o que se anuncia como trama vai, de modos diversos, se diluindo em construções sinestésicas capazes de impactar quem lê diretamente no corpo, e não só na força intelectiva e hermenêutica. Assim, o que é opaco na linguagem, se torna borduna sem fio a ponto de esmigalhar o crânio e desmontar a unidade do organismo.

Isso pode se dar, na maioria das vezes, em desenvolvimentos complexos e alongados, chegando no mais extenso e violento "Tua mão quando toca abre um caminho", ou numa velocidade mais inesperada, como no curtíssimo "Altiva como a mulher de Ló", que poderia muito bem passar por um poema em prosa, caso estivesse num outro contexto. Cito aqui os dois primeiros períodos, que dão quase um terço do total:

> *Tropeço nos saltos, meço palavras nos sulcos, improviso um laço branco de cetim no cabelo, de repente lembro que tenho medo de entalhar em metal. Às cinco horas, sucinta, desato nós por acaso, estremeço em rituais autossuficientes, retenho marinheiros em minha casa como águas salgadas dentro das minhas unhas, bebo com eles, simulo, simulamos, brigas na noite escura, choro a morte do meu avô, cato lixo para evitar desperdícios, encontro uma réplica de Bosch, penso em emoldurá-la e penso que a pintura é feita de silêncio primeiro.*

Ora, a figura aqui hesita entre o controle do corpo preparado à sedução, os encontros algo sexuais (sodomia silenciada e sublimada em lírica ou só curtição?) para terminar diante de uma réplica de Bosch (exemplar maior do que o acúmulo delirante pode realizar com a nossa imaginação, seja no jardim das delícias ou nos círculos do inferno) que a leva a pensar no silêncio como anterior à pintura. Ao que poderíamos responder, perguntando: ora, mas o silêncio não é o próprio da pintura também finalizada? Ao que poderíamos, igualmente, entrever a resposta como apenas um gemido, primeiro gesto de irrupção contra o silêncio sepulcral do tempo. Quem narra "O olho" também opta por uma inversão de possível contradição, ao sugerir que age "para que a solidão se insinue primeiro e depois o olho", ou seja, fazendo do olhar uma chegada que aprofunda e combate a solidão num só gesto.

Algo de ordem similar parece estar na construção do curiosíssimo "Herodias e Salomé", que se faz na voz da jovem Salomé, que, no universo do Novo Testamento, pede a cabeça de João Batista a Herodes, talvez por mera pressão da mãe Herodias (ou Herodíade) e que, na diferença dos corpos de mãe e filha, produz uma continuidade que tenta inaugurar sua liberdade. Nesse movimento entre a tomada de si e a continuação do desejo do outro, sua única menção a João Batista é a seguinte:

Aprendo a dizer João Batista e não faço conta, sou escura e o meu candeeiro está rente ao chão, creio que repeti João Batista como quando é a primeira vez em que se diz palavra após já ter dito muitas outras e não se vê aí a descoberta, o nascimento, às vezes somam-se tanto os acréscimos que sequer percebemos quando algo nos é tirado. É assim o que eu quero – não saber o nome de coisas que eu não sei para que servem, porque faço uso abusivo de deixar despojos nas palavras, de largar monturo nelas, e falo sanha porque sob ameaça, o candeeiro deveria estar no alto, eu sei mas sou muito discursiva para tomar as decisivas, discurso até quando danço e discurso porque ardo, convido os convivas para encostarem os olhos na minha imensa ferida, para verem por dentro do rombo um funcionamento insuspeitado, para lambê-la abrindo espaços nela: se sou privada da quietude e se constantemente faço noite, que eu celebre a sedução silenciosa de meu corpo extraviado.

Afinal, esta, que pede a cabeça daquele que a perde, é quem perde a própria cabeça na deriva discursiva que a constrói como corpo extraviado. Por isso ela mesma afirma "Estou esquecida desde que nasci, formulei-me sem memória de solicitar que venham até mim", para acabar concluindo que "Aprendi um pouco tarde que necessito olhar as coisas do alto delas para que o pé seja de igualdade". Mas essa figura é e não é a Salomé historicamente imaginada, está e não está no tempo passado, porque indaga no presente rompendo qualquer lógica dos hábitos; assim como ela, os corpos femininos aqui aparecem como seres possíveis e passíveis da violência contínua da história, sem qualquer sinal de redenção.

Essa opacidade também é pensada em "O lugar de um, o lugar de outro, o lugar de um só", quando lemos a narradora explicitar que "eu fico à porta, você adentra. você faz a condução e transmite para fora aquilo que vê, eu dou formas e voltas a qualquer coisa de indescritível." Sim, como ela, Chacon parece estar o tempo inteiro à porta, sugerindo que nós entramos para ver as coisas por inteiro, enquanto ela dá formas e voltas a algo indescritível; no entanto, o que ela faz, mais precisamente, é nos levar nas formas e voltas, como uma espécie de porteira que deliberadamente nos impede de simplesmente entrar, porque entrar no recinto seria atingir a meta fácil; acabar com o movimento, estancar num sentido falido. Isso ganha força no conto que dá título ao livro, que é invadido por versos e assim termina:

> o acontecimento lhe escapa por alguma via
> e o ruidinho de cada gota ao se chocar com cada folha
> parece modificar a ordem dos fios
> embaralhar os manuais de funcionamento
> de modo que folha gota vento
> tudo é força movente de uma única engrenagem
> toda estreiteza que há entre tudo o que pode ser previsto
> e que será detonado
> para atear o fogo da primeira sede.

O que Maria Luíza Chacon aqui conta e reconta, canta e decanta é precisamente o acontecimento que escapa, uma percepção de tudo como única engrenagem indesmontável e que deflagra o incêndio que precisa passar, sempre de novo, pela linguagem como máquina de ação e construção de mundos, daí sua inescapável violência. Diz o narrador de "Efraim meu amor", com uma percepção muito forte, ainda mais para os momentos que vivemos: "se estou vivo é pelo desejo de atravessar – e seguir atravessando." Também nós, se estamos vivos, é por nosso desejo, porém também pela partilha dos desejos dos outros que nos fazem atravessar o mistério no mistério; daí a força da literatura que prolifera na podridão.

É um caminho pedregoso o que Chacon escolhe e percorre no facão; sempre periga em dar no mato bravo e sem saída, arrisca desandar nas sendas do desentendimento, mesmo que planejado. Mas também é aquele que pode descobrir jeitos inusitados de frutificar: Iambe seguirá sempre levantando a saia, expondo a flor do cum como estandarte de mundos, num liminar de riso e susto capaz de refertilizar o mundo.

CARA LEITORA, CARO LEITOR

A **Cachalote** é o selo de literatura brasileira do grupo **Aboio**.

Lemos, selecionamos e editamos com muito cuidado e carinho cada um dos livros do nosso catálogo, buscando respeitar e favorecer o trabalho dos autores, de um lado, e entregar a vocês, leitores, uma experiência literária instigante.

Nada disso, portanto, faria sentido sem a confiança que os leitores depositam no nosso trabalho. E é por isso que convidamos vocês a fazerem cada vez mais parte do nosso oceano!

Todas as apoiadoras e apoiadores das pré-vendas da **Cachalote**:

> — têm o nome impresso nos agradecimentos dos livros;
> — recebem 10% de desconto para a próxima compra de qualquer título do grupo Aboio.

Conheçam nossos livros pelo site **aboio.com.br** e siga nossos perfis nas redes sociais. Teremos prazer em dividir com vocês todos nossos projetos e novidades e, é claro, ouvir suas impressões para sempre aprendermos como melhorar!

Embarque e nade com a gente.

Cada livro é um mergulho que precisa emergir.

APOIADORAS E APOIADORES

Agradecemos às **191 pessoas** que confiaram e confiam no trabalho feito pela equipe da **Cachalote**.

Sem vocês, este livro não seria o mesmo.

A todos os que escolheram mergulhar com a gente em busca de vozes diversas da literatura brasileira contemporânea, nosso abraço. E um convite: continuem acompanhando a **Cachalote** e conheçam nosso catálogo!

Acássio dos Anjos
Adriane Figueira Batista
Adriano de Sousa
Agnes Severiano
Aleixo Odontologia
    Integrada LTDA
Alexander Hochiminh
Alexandra Cavalcante
    de Farias
Alexsandro Lino da Costa
Alice Pavan Sabino
Allan Gomes de Lorena
Ana Carolina Moura
    Mendonça Rezende
Ana Luiza Tinoco
Ana M. M. Ferreira
Ana Maiolini
Ana Paula Mendes
    de Oliveira

André Balbo
André Chacon
André Pimenta Mota
André Torres
Andreas Chamorro
Andressa Dantas
Andreza Cruz Alves da Silva
Anna Martino
Anthony Almeida
Antonio Luiz
    de Arruda Junior
Antonio Pokrywiecki
Arthur Lungov
Bianca Monteiro Garcia
Breno Inácio
Bruno Coelho
Caco Ishak
Caio Balaio
Caio Girão

Calebe Guerra
Camilo Gomide
Carla Guerson
Cássio Goné
Cecília Garcia
Cintia Brasileiro
Ciro Guilherme
  Farias de Oliveira
Claudine Delgado
Cleber da Silva Luz
Cristina Machado
Daniel A. Dourado
Daniel Chacon
Daniel Dago
Daniel Dourado
Daniel Giotti
Daniel Guinezi
Daniel Leite
Daniel Longhi
Daniel Longhi Guimarães
Daniela Rosolen
Danilo Brandao
Darcy Dantas
Denise Lucena Cavalcante
Dheyne de Souza
Diogo Mizael
Dora Lutz
Edilson Domingues Possas
Eduardo Rosal
Eduardo Valmobida
Eny Trindade

Enzo Vignone
Eustaquia de Freitas
Fábio Franco
Febraro de Oliveira
Flávia Braz
Flávio Ilha
Francesca Cricelli
Frederico da C. V. de Souza
Gabo dos livros
Gabriel Cruz Lima
Gabriel Stroka Ceballos
Gabriela Machado Scafuri
Gael Rodrigues
Geyson Soares
Giselle Bohn
Guilherme Belopede
Guilherme Boldrin
Guilherme da Silva Braga
Guilherme Melo
  Antunes da Silva
Gustavo Bechtold
Heloisa Guz
  Ludovice Moura
Henrique Emanuel
Henrique Lederman Barreto
Henryque Franca
Isabela de Almeida Tinoco
Ivana Fontes
Jadson Rocha
Jailton Moreira
Jefferson Dias

Jessica Ziegler de Andrade
Jheferson Neves
João Luís Nogueira
Jucieli Polyanna
      Querino da Silva
Júlia Gamarano
Júlia Vita
Juliana Costa Cunha
Juliana Slatiner
Júlio César Bernardes Santos
Laila Fernandes
      Alves de Andrade
Laís Araruna de Aquino
Lara Haje
Larissa de Medeiros Dantas
Laura Redfern Navarro
Leitor Albino
Leocádia Seabra
Leonam Cunha
Leonardo Pinto Silva
Leonardo Zeine
Lili Buarque
Lolita Beretta
Lorenzo Cavalcante
Lucas Ferreira
Lucas Lazzaretti
Lucas Verzola
Luciano Cavalcante Filho
Luciano D. Saraiva
Luciano Dutra
Luis Felipe Abreu

Luísa Machado
Luiz Carvalho de Assunção
Luiz Henrique
      da Silva Gomes
Luma Diniz
Maíra Dal'Maz
Maíra Thomé Marques
Manoela Machado Scafuri
Marcela Roldão
Marcele Chacon
Marcelo Conde
Marcelo Pinto Varella
Marcia Brasiel
Márcio Venício Barbosa
Marco Bardelli
Marcondes Chacon
      da Cunha
Marcos Vinícius Almeida
Marcos Vitor Prado de Góes
Maria de Lourdes
Maria Fernanda
      Vasconcelos
      de Almeida
Maria Inez Porto Queiroz
Maria José de Araújo Peixoto
Maria Luiza
      Procópio de Moura
Maria Regina Soares
      Azevedo de Andrade
Mariana Calazans de Lucena
Mariana Donner

Mariana Figueiredo Pereira
Marina Lourenço
Mateus Magalhães
Mateus Marques
Mateus Torres Penedo Naves
Matheus Picanço Nunes
Mauro Paz
Max Diogenes
Assunção Pereira
Mikael Rizzon
Milena Martins Moura
Nanci Chacon Soares
Natalia Timerman
Natália Zuccala
Natan Schäfer
Nidia Albuquerque
Campelo dos Santos
Odylia Almacave
Otto Leopoldo Winck
Paula Luersen
Paula Maria
Paulo Scott
Pedro Germano Leal
Pedro Lucas de Lima
Freire Bezerra
Pedro Torreão
Pietro A. G. Portugal
Rafael Mussolini Silvestre
Renata Vellasco Brito
Costa Fialho
Ricardo Kaate Lima

Rilda Chacon Martins
Rodrigo Barreto de Menezes
Samara Belchior da Silva
Sergio Mello
Sérgio Porto
Sílvia Mayara
Macedo da Silva
Soraya Godeiro Massud
Thais Fernanda de Lorena
Thassio Gonçalves Ferreira
Thayná Facó
Thiago Luiz
Vasconcelos Bezerra
Tiago Moralles
Valdir Marte
Vanessa Augusta Cortez
dos Santos Cunha
Vinícius Galindo Feitosa
de Farias
Weslley Silva Ferreira
Wibsson Ribeiro
Yvonne Miller

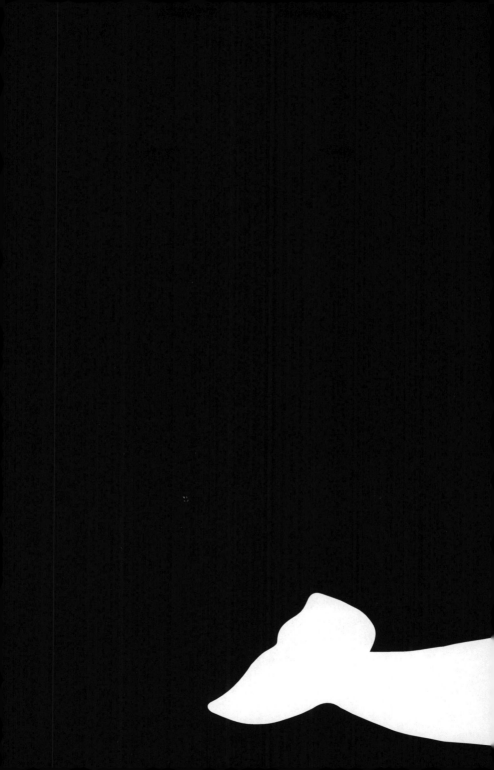

PUBLISHER Leopoldo Cavalcante

EDITOR-CHEFE André Balbo

REVISÃO Veneranda Fresconi

DIREÇÃO DE ARTE E CAPA Luísa Machado

COMUNICAÇÃO Thayná Facó

COMERCIAL Marcela Roldão

PROJETO GRÁFICO Leopoldo Cavalcante

ILUSTRAÇÃO DA CAPA Beatriz Moreira

ASSISTÊNCIA EDITORIAL Nelson Nepomuceno

© Cachalote, 2024

Inútil corroer o osso da tempestade © Maria Luíza Chacon, 2024

Grafia atualizada segundo o Acordo Ortográfico da Língua Portuguesa de 1990, que entrou em vigor no Brasil em 2009.

Os personagens e as situações desta obra são reais apenas no universo da ficção: não se referem a pessoas e fatos concretos, e não emitem opinião sobre eles.

Dados Internacionais de Catalogação na Publicação (CIP)
Aline Graziele Benitez — Bibliotecária — CRB — 1/3129

Chacon, Maria Luíza
    Inútil corroer o osso da tempestade / Maria Luíza Chacon. -- 1. ed. -- São Paulo : Cachalote, 2024.

    ISBN 978-65-83003-11-9

    1. Contos brasileiros I. Título.

24-231474   CDD-B869.3

Índices para catálogo sistemático:
1. Contos : Literatura brasileira

[2024]

Todos os direitos desta edição reservados à:
ABOIO EDITORA LTDA
São Paulo — SP
(11) 91580-3133
www.aboio.com.br
instagram.com/aboioeditora/
facebook.com/aboioeditora/

[Primeira edição, novembro de 2024]

Esta obra foi composta em Adobe Caslon Pro.
O miolo está no papel Pólen® Bold 70g/m².
A tiragem desta edição foi de 300 exemplares.
Impressão pelas Gráficas Loyola (SP/SP)

A marca FSC® é a garantia de que a madeira utilizada na fabricação do papel deste livro provém de florestas que foram gerenciadas de maneira ambientalmente correta, socialmente justa e economicamente viável, além de outras fontes de origem controlada.